你不得不知道的经典故事

陈林　白马　卫彤　李渊源·改写

南京大学出版社

图书在版编目(CIP)数据

聊斋故事 / 陈林等改写. —南京:南京大学出版社,2009.7
(你不得不知道的经典故事)
ISBN 978-7-305-06252-0

Ⅰ.聊… Ⅱ.陈… Ⅲ.笔记小说—中国—清代—缩写本 Ⅳ.I242.1

中国版本图书馆CIP数据核字(2009)第109279号

出 版 者	南京大学出版社		
社　　址	南京市汉口路22号	邮编	210093
网　　址	http://www.NjupCo.com		
出 版 人	左　健		
丛 书 名	你不得不知道的经典故事		
书　　名	聊斋故事		
改　　写	陈　林　白　马　卫　彤　李渊源		
责任编辑	李志红　　编辑热线　025-83592193		
照　　排	南京玄武湖印刷照排中心		
印　　刷	宜兴市文化印刷厂		
开　　本	880×1230　1/32　印张 6.125　字数 126千		
版　　次	2009年7月第1版　2009年7月第1次印刷		
ISBN	978-7-305-06252-0		
定　　价	12.80元		
发行热线	025-83594756		
电子邮箱	sales@NjupCo.com(销售部) press@NjupCo.com		

＊版权所有,侵权必究
＊凡购买南大版图书,如有印装质量问题,请与所购图书销售部门联系调换

婴宁

宁采臣

目　录

考城隍 …………………………………… 001
尸变 ……………………………………… 003
瞳人语 …………………………………… 006
画壁 ……………………………………… 009
山怪 ……………………………………… 012
王六郎 …………………………………… 014
偷桃 ……………………………………… 018
种梨 ……………………………………… 021
劳山道士 ………………………………… 023
蛇人 ……………………………………… 026
斫蟒 ……………………………………… 029
雹神 ……………………………………… 030
狐嫁女 …………………………………… 032
娇娜 ……………………………………… 036
妖术 ……………………………………… 044
三生 ……………………………………… 047
叶生 ……………………………………… 050
成仙 ……………………………………… 053
新郎 ……………………………………… 060
王成 ……………………………………… 063
青凤 ……………………………………… 070

篇目	页码
画皮	075
贾儿	080
陆判	085
婴宁	089
聂小倩	097
祝翁	103
遵化署狐	105
张诚	107
口技	113
夜叉国	115
老饕	121
宫梦弼	124
雏鹩	129
罗刹海市	131
促织	140
续黄粱	145
辛十四娘	152
狼三则	160
山市	162
画马	164
梦狼	166
钱卜巫	170
安期岛	174
云萝公主	176
鸟语	182
真生	184
席方平	187

考 城 隍

我的姐夫先祖叫宋焘,是个秀才。

有一天,他生病躺在床上,看见一个公差手持公文,牵着一匹白色的骏马来到他的跟前,说:"请你去考试。"宋焘说:"主考官还没到,怎么突然就考试呢?"公差并不回答,只是催他快走。他没有办法,只好拖着病体,骑上马跟公差去了。这条路非常陌生。到了一座城中,好像是帝王的京城。走了一会儿,来到了一座官署,建筑雄伟而又壮丽。堂上坐着十几位官员,不知道是些什么人,宋焘只认识关公。廊檐下摆着两张茶几和凳子,起先有个秀才坐着,宋焘便与他挨肩坐着。两张茶几上都摆放着笔墨纸砚。

不一会儿,试题传下来。打开一看,上面写着八个大字:"一人二人,有心无心。"两个秀才的文章写成后,都送到大堂上。宋焘的文章中有这样几句话:"有心行善的人,虽然做了好事也不应该受到奖赏;无心作恶的人,虽然做了坏事也不应受到惩罚。"堂上各位神仙互相传阅,都赞不绝口。他们把宋焘召到堂上,对他说:"河南缺个城隍,你很适合这个职位。"宋焘这才明白过来,跪拜在地边叩头,边留着眼泪说:"承蒙大人对我这样恩宠,我哪敢再推辞呢?只是我的老母亲已七十岁了,无人供养,请让我为她送终后,再来听候差遣。"

堂上有个帝王样子的神仙,立刻叫人查他母亲的生死簿。有个留着长胡子的官吏捧着簿子查阅了一遍,说:"还有九年阳寿。"神仙们正在犹豫时，关公说："不妨让张生去代理九年，到时候再让宋焘去接替好了。"于是帝王就对宋焘说："你本来应该马上到任，现在为了成全你的孝心，给你九年假期，到时候再去召你。"说完，又勉励了姓张的秀才几句。

两个秀才磕头后，一起退出大堂。张秀才拉着宋焘的手，一直把他送到郊外，自我介绍说是长山县的张某某。临别时还赠送了一首诗，诗的内容被宋焘忘记了，只记得其中有两句："有花有酒春常在，无烛无灯夜自明。"

宋焘骑上马，告别张生就离开了。回到家中，好像从梦中突然醒来。这时，宋焘已经死去有三天了。母亲听见棺材里有呻吟声，把他扶出来，过了好半天才能讲话。他询问长山县的情况，果然有个姓张的秀才，就在他死的那一天也死了。

九年后，母亲果然去世了。他安葬了母亲，洗漱干净进入房间，不久就去世了。他的岳父住在县城的西门内，忽然看见他骑着装饰华美的马，后面跟着许多车马随从，进入厅堂，向他拜了一拜就走了。全家人都很惊讶，不知道他已经成了神仙。连忙到乡下去打听，才知道宋焘已经去世了。

宋焘有一部自己写的《小传》，可惜因为动乱没有保存下来，这只是其中简略的一点内容而已。

尸 变

阳信有个老头是淄川蔡店人。村子离城五六里,父子俩在路边开了一家客店,接待过往的商人住宿。有几个赶车的人来来往往拉货做生意,就住在他们客店里。

一天黄昏,来了四个商人想在店里投宿,但是老头的客房都已经满了。四个人考虑到再也没有其他的地方可住,就坚决恳求店家想办法。老头想到一个地方,但又怕客人不同意。客人说:"只要有间屋子,一床席子就可以了,不敢再挑挑拣拣。"那时老头的儿媳刚死,尸体停放在一间屋里,儿子外出去购买做棺材的木料还没有回来。

老头就带着客人穿过街道来到寂静的灵房。只见桌上有一盏昏暗的油灯,桌子后面搭着帐子,死者脸上盖着纸,身上盖着被子,房内有空床。他们由于奔波劳累,倒头便睡,鼾声起伏。

有个客人睡得朦朦胧胧的,忽然听到灵床上"嚓嚓嚓"的声音。于是他急忙睁开眼睛,灵床前的灯火照得四周很亮。只见女尸已经揭开被子坐起来,一会儿下了床,慢慢地进入卧室。她的脸色苍黄,额上系着白布。来到床前低下身子,挨个儿向三个同伴吹气。这个客人害怕极了,担心她要吹自己,就悄悄地用被子盖住头,屏住呼吸以防她听见。不一会儿,女尸果真来了,像对同伴一样对他吹气。客人感觉她已经出去了,又听到盖纸和被子的声音。他才小心地探头偷看,女尸还是和刚才一样僵卧着。他更害怕了,一点声音也不敢发出来，只是暗暗地用脚蹬三个同伴，但他们一点反应也没有。想了半天，觉得除了穿起衣服逃跑外没有别的办法了。他坐起来刚想穿衣服，"嚓嚓嚓"的声音又响起来了。他毛骨悚然，又钻进被子里面。觉得女尸又来了，连续吹了好几遍才又离去。不久听到灵床的声音响，才知道她又躺下了。于是他从被子里摸到裤子，快速穿上，赤着脚就往外跑。女尸也跟着起来了，在后面追赶他，等她追到帷帐的时候，客人已破门而出。女尸紧追不舍。客人边跑边嚎，但村里的人都没听见。想要敲店主人的门，又怕来不及，只好沿着县城方向的大道拼命地跑。

到了东郊，看见一座寺庙，听到了木鱼声，他急忙跑去敲门。道士非常惊讶怎么会有人这么早这么急地敲门，就没有开门。很快，女尸已经到了，相距不到一尺。客人更加着急，看到门外有一棵腰围四五尺的大树，就跑过去把树作为屏障。女尸跑到左边，客人就跑到右边；女尸跑到右边，客人就跑到左边。女尸发起怒来，但由于太疲倦了，只好站着休息。客人也累得气喘吁吁，汗如雨下。女尸突然跳起来，伸出两臂隔着树抱了过去。客人惊倒在地。尸体抓不到他，抱着树就僵住了。

道士在门后听了很久，直到无声无息了才出来。看见客人仰卧在地上，面如死灰，就伸手探鼻息，发现还有一口气，赶紧背到寺内。天亮了客人才苏醒过来。喝了点热水后，客人把所见所闻告诉道士。这时晨钟已敲响，外面朦朦胧胧的。道士看到了抱住大树的女尸，非常吃惊，赶紧报告县令。

县令亲自来察看是怎么回事。派人把女尸的手掰开,却怎么也掰不开。仔细一看,发现左右手各有四指弯成钩状,连指甲都陷进树里去了。又加了几个人用力拔才拔开。再看树上的洞就像凿子凿的一样。

再到店家一看,发现尸体没了,客人死了,他们乱作一团。听了衙役的报告,老头才跟着去,把女尸抬了回来。

客人哭着对县令说:"出来的是四个,现在回去的只有我一人,我怎么跟乡里交代呀?"县令就给了他一份文书,派衙役把他送了回去。

瞳人语

长安城有个人叫方栋，很有才，但举止轻佻不守礼节。每次在路上看见出门的漂亮女子，就轻薄地跟在后面。

清明前一天，他正好在郊外散步。见有一辆小车，挂着红色的绣花帏幔。几个仆人、丫鬟跟着车子慢慢地走。其中有一个小丫鬟乘着一匹小马，很漂亮。方栋悄悄凑上前，只见车上的帘子开着，里面坐着一个十五六岁的女郎，穿戴华丽，容貌美丽，方栋从来没看到过这么漂亮的女子，顿时眼花缭乱，神魂颠倒。于是一会儿跑到车的前面，一会儿又跑到车的后面，不断地去看这个姑娘，一直尾随了好几里路远。

忽然，他听到车内的女郎把小丫鬟叫到车旁说："给我把车帘子放下来。哪里来的疯子，这样不停地偷看我！"小丫鬟就放下了车帘，愤怒地对方栋说："这位是芙蓉城七公子的新媳妇回娘家，不是乡下人的老婆，你怎么胡乱偷看！"话刚说完，丫鬟在路上抓起一把尘土朝方栋脸上撒去。方栋两眼立刻被土眯住了，半天都睁不开，等他睁开眼睛，车马已经不见了。

他吃了一惊，满腹疑惑地回到家里。不久，觉得眼睛疼得难受，忙请人拨开眼皮检查，发现眼球上已经长了一层薄膜。过了一夜，眼睛疼得更厉害了，眼泪不断地往下流。眼中的薄膜也越长越厚，几天后便长得像铜钱那么厚了，而且右眼球上还长了一个螺旋，各种药也没有效果。

方栋懊悔不已。他听说念《光明经》能消除灾难，于是找来一卷经文，请人教自己念经。开始读时，他还有点烦躁不安。时间一长，心情就渐渐平静下来了。早晚没事的时候就盘腿坐在那儿，手握珠子念诵经文。坚持了一年，各种邪念都排除干净了。

有一天，方栋忽然听见左眼中有人像苍蝇叫地那样在小声说话："这里面黑漆漆的，叫人难受死了！"右眼中也像有人回答说："我们一起出去玩玩，出去解解闷吧。"说完，方栋感觉到两个鼻孔痒痒的，好像有什么东西慢慢地爬了出来，离开鼻孔走了。过了一会，它们又从鼻孔爬进眼眶里。方栋又听到它们在说话："好久没有到园亭里看一看，珍珠兰都已经枯死了。"

方栋向来喜爱兰花的芳香，在园子内种了许多种兰花，常常亲自浇水。自从双眼失明后，就没有过问这件事。现在听说兰花死了，他马上问妻子："兰花为什么枯死了？"妻子反问他是怎么知道的？方栋便把刚才听到的话告诉了妻子。妻子赶紧到花园里去查看，兰花果然已经枯死了。妻子感到十分奇怪，就悄悄地躲在房中等待。她果然看见有两个小人从方栋的鼻孔里爬出来，他们还没有豆粒大，慢慢地飞出门去，越飞越远，不久就消失了，不知他们去了哪儿。不一会儿，两个小人挎着胳膊又回来了，飞到方栋的脸上，又像蚂蚁那样钻进方栋的鼻孔里。两三天都是这样。后来，方栋又听到左边的小人说："隧道弯弯曲曲的，你我来往很不方便，不如我们各自开一扇门。"右边的小人说："我这边的墙壁太厚了，开门不容易。"左边的说："我在这边试着开一下，通了好和你在一起。"它们说完，方栋就觉得左眼眶内像被人抓裂了一样。过了一会儿，方栋睁开眼睛一看，能看见室内的桌子和其他东西了。

方栋高兴极了，马上告诉妻子。妻子仔细一看，发现他的眼睛膜破裂的地方有个小孔，黑眼球荧荧发亮，就像半粒花椒那么大。又过了一夜，方栋左眼内的障碍完全消尽了，再细看，一只眼睛里有两个瞳孔，而右眼上的螺旋依然如故。他们才知道两个瞳人合居在左眼眶内了。

方栋虽然瞎了右眼，但却比先前的两只眼睛看得还要清楚。从此以后，方栋的行为更加检点，乡邻们都称赞他高尚的品德。

画　壁

江西人孟龙潭和朱举人一起客居在京城。有一次，他们偶然走进一座庙里。这座庙大殿和禅房都不是很宽敞，只有一位老和尚住在这里。

老和尚见客人来了，赶紧整了整衣服出来迎接，并带着客人到处游览。大殿堂两侧的壁画非常精妙，画上人物栩栩如生。东边壁上画的是天女散花。画上有一个披着长发的仙女，手里拿着鲜花微笑着，樱桃小嘴好像在说什么，眼睛顾盼生辉。

朱举人目不转睛地盯着这位仙女，不知不觉动了心，站在那里看呆了。忽然觉得身体晃晃悠悠地飘了起来，像腾云驾雾一样就飞到壁画上去了。朱举人放眼望去，只见楼台阁宇重重叠叠，已经不再是人间世界。那边有一个老和尚坐在法坛上讲经说法，有许多观众在周围站着听讲。朱举人也混杂在人群中站着听讲。

忽然，他觉得有人在暗中扯他的衣袖，回头一看，原来就是那位画中的仙女。仙女对他微微一笑，就走了。朱举人连忙跟了过去。仙女走过走廊，进入一间小屋里面。朱举人在外犹豫不决，不敢进去。少女回过头来，举起手中的鲜花，远远地做出要他进来的手势，朱举人赶紧走进了小屋。

屋内很寂静，屋外忽然传来了靴子走路的声音和哗啦哗啦的铁索链声，还有吆喝声和说话声。朱举人大吃一惊，向外一看，只见一个黑脸、身穿金甲的使者，一手拿着铁锁链，一手提着铁锤，一群女子都站在他周围。

使者问："都到齐了吗？"有人回答："都到齐了。"使者说："假如有谁私藏了下界凡人，你们要一起检举她，不要自找麻烦。"大家一齐说："不会有这样的事。"使者转过身，瞪着眼睛四处扫视，像是要搜查屋子。

仙女非常害怕，面如死灰，惊慌地对朱举人说："你赶快藏到床底下去！"说完，打开墙壁上的小门，仓皇逃走了。

朱举人趴在床底下，吓得大气也不敢出。一会儿他听到靴声响，有人来到房内，又出去了。又过了一会儿听到吵吵闹闹的声音越来越远了，他心里才稍微安定下来。突然门外又有来往的人在说话。朱举人因为在床下趴得太久了，觉得耳边像蝉叫一样嗡嗡作响，两眼直冒金花，那种痛苦不堪的情形简直无法忍受，只好静静地听屋外的动静，耐心等待仙女进来放他出去，他甚至连自己是从哪里来的都忘记了。

孟龙潭正在殿中观赏壁画，转眼之间朱举人不见了，奇怪地问老和尚。老和尚笑着说："他去听讲佛法了。"孟龙潭又问："在哪里？"老和尚回答："不远。"过了一会儿，老和尚用手指弹了弹墙壁喊道："朱施主，玩了这么长时间怎么还不出来？"

突然壁画上出现朱举人的头像，只见他侧着耳朵站在那里，似乎在听、在看。老和尚又喊道："你的同伴已经等你很长多间了！"于是朱举人才从墙上飘落下来，灰心丧气，目瞪口呆地站着,双腿直发软。

孟龙潭大吃一惊,忙问是怎么回事。朱举人说当时自己正趴在床底下,忽然听到雷鸣般的叩门声,就出来想看看是怎么回事,就出现在这里了。他们一起再看壁画上的那位仙女时,只见她头发已经盘了起来,不再是披发了。

朱举人吃惊地向老和尚请教这是怎么回事。老和尚笑着说:"幻觉都是由人的内心产生出来的,我怎么能解释得清?"

朱举人心中虽然有点明白,但也解不开这个疑团。孟龙潭非常害怕,六神无主。他们二人便起身告辞,顺着台阶走了出来。

山 怪

孙太白曾讲过这样一件怪事。

他的曾祖父在南山的柳沟寺读书。正是麦收时节,他回到家住了十天后又返回寺院读书。当他的曾祖父打开书房门,发现书桌上落满了尘土,窗户上也布满了蜘蛛网。于是他便吩咐仆人打扫房间,一直干到晚上才感到房内弄干净了,可以坐下了。之后,他又收拾床铺,放好被褥,关上房门躺下休息。

这时的月光很亮,从窗户外照进来,洒了一屋子,他翻来覆去好长时间睡不着。万籁俱寂,静得可怕。

忽然,他听到呼呼地刮起了风,寺院的山门突然被刮得响了起来。他暗想:一定是寺院里的和尚没有关好山门。正想着,就听到风渐渐地刮到他书房门前,不一会儿,房门自动打开了。他大惑不解,还没明白是怎么回事,风已经刮进房里,同时还伴随着"叭嗒叭嗒"的穿着靴子的脚步声渐渐靠近寝室门。他这才感到恐惧。刹那间,寝室的门开了,他急忙抬头一看,只见一个怪物正弯腰挤进房里来,迅速地站到了他的床前。怪物直起腰来,个头与房梁一样高,一张黑色的大脸,两只眼睛闪闪发光,在房里四下察看。张开像脸盆一样的大嘴,露出三寸左右长的、疏疏落落的几颗牙齿,舌头一转动,喉咙中发出"呼哧呼哧"的声音,震得墙壁都在发颤。

他害怕极了,想到自己与这个怪物仅相距一尺左右,难以逃脱，反正是死，不如与它拼了。于是，他悄悄地抽出压在枕头下的佩刀，突然向怪物刺去，正好刺在怪物的肚子上。刀刺在上面发出好像碰到石头一样的声响。怪物立刻被激怒了，伸出大手向他抓来，他赶紧向后一缩，被子被怪物一把抓去撕得粉碎，然后怒气冲冲地离开了房间。他也随着被子掉在了地上，趴在地上大声呼喊起来。仆人打着火把急忙跑过来，可是房门仍然关着，不得不推开窗户跳进房中，一见主人这种情景，大家都吓了一跳，赶紧把他扶到床上。

他的曾祖父后来慢慢地说出刚才所发生的事情。大家一看，被子夹在门缝中，打开门再一看，门上留下的手掌印就像簸箕一样大，门板都被五个指头穿透了。

天亮后，他再也不敢留在寺庙里了，背起书箱就回家了。

后来，他曾去问寺院里的和尚是否见到了什么奇怪的现象，都说没有什么奇怪的事发生，寺院仍然与过去一样平静。

王 六 郎

　　有个姓许的人，家住在淄川城北郊，以打渔为生。每天晚上，他都要带上酒到河边一边饮酒一边捕鱼。他喝酒时常常把酒洒在地上，祷告说："河里淹死的鬼请喝酒。"他这样做已经习以为常了。别人捕鱼总是一无所获，而他总是能捕到满筐的鱼。

　　有一天晚上，他正独自喝酒呢，忽然来了个少年，在他身边徘徊。许某一向慷慨大方，就邀请少年过来一起喝酒。后来一晚上都没捕到一条鱼，许某感到很失望。少年站起来说："请让我到河的下游为你赶鱼去。"说完，少年便飘然而去。没过多久，少年回来了，说："大批的鱼来了。"许某果真听见了鱼在水里扑跳的声音，连忙把网拉起来，一下子捕到了好几条大鱼，都是一尺来长的。他高兴极了，对少年表示感谢。少年要走时，他想送几条鱼给少年，可少年不要，说："多次喝你的好酒，这点小事哪里值得回报。如果你不嫌弃，我以后天天来给你帮忙。"许某说："我与你才喝了一次酒，怎么说已喝了多次呢？你肯天天这样关照我，求之不得啊，可我没法报答你的盛情啊。"于是许某问他叫什么，少年回答说："我姓王，没有名字。以后见面时你就叫我王六郎好了。"两人就这样告别了。

　　第二天，许某卖掉鱼，赚了好多钱，就多打了些酒。晚上到河边时，那少年已经先到了，两人就高兴地喝起酒来。喝了几杯后，少年就替许某下河赶鱼。就这样过了半年。

有一天，少年忽然告诉许某说："自从我们相识以来，彼此的感情胜过同胞骨肉，遗憾的是分别的时间快到了。"听他的话说得很凄惨，许某吃惊地问他这是为什么。少年几次想说又停住了，最后说："我们两人感情很好，说出来你不会害怕吧？临别前，不妨直说了吧。我是鬼，生前因为平时喜欢喝酒，有一次喝醉了就淹死在这河中，做鬼已经好几年了。以前你捕的鱼比别人多，都是我在暗中帮助你，来感谢你用酒祭奠我。明天我的期限已满，将有人代替我。我将到别的地方投胎做人。我们相聚只有今夜了，所以不能不感到悲伤。"许某听说后开始有些害怕，但毕竟两人交往了这么久，感情也很好，也就不再害怕了，只是为他这位鬼友感到悲伤。于是斟满一杯酒递给少年说："六郎，请喝了这杯酒，不要伤心。你我相识不久马上要分手，虽然令人难过，但你的期限满了，终于解脱，这应当是值得庆贺的事情，就不要悲伤了。"于是和王六郎开怀大饮。许某又问王六郎："你的替身是谁？"王六郎回答："老哥，你明天在河岸上看，中午，有个女子过河时将被淹死，那人就是我的替身。"听到村里公鸡叫了，两人才挥泪告别。

第二天，许某站在河边等，看是不是真有这种怪事。到中午果真有个妇女抱着婴儿走来，一到河边就掉到水里。婴儿被母亲奋力抛到岸上，挥手蹬脚地大哭。妇人在水里不断挣扎，一沉一浮。忽然，她浑身水淋淋地爬到岸上，坐在地上喘息了一会，抱起婴儿就离开了。当妇女落水时，许某很不忍心，想跑过去下河救她。但转念一想，这是王六郎的替身，救了她，王六郎就无法转世投胎了，所以没有去救。当妇女自己从水里爬上岸后，许某便怀疑王六郎的话不灵验。

到了夜间，许某又到老地方捕鱼。少年又来了，对许某说："今天我们又相聚了，从此以后再也不会分别了。"许某问他是什么原因。他说："那位妇女本可以替代我，但是我可怜她怀抱中的婴儿。不忍心为了我一人，而害了两条性命，所以我放弃了。以后也不知道何年何月才有替身，这也许是你我的缘分还没完吧？"许某感叹地说："你这样仁慈，老天爷会感动的。"从此他们又像过去那样每夜相聚饮酒。

几天后，王六郎又来告别。许某怀疑他又有了替身。王六郎说："不是的。上次我的恻隐之心，果真被老天爷知道了。现在我被任命为招远县邬镇的土地神，明天就要到任。你如不忘记我们以前的交往，可以去探望我，不要害怕路远难走。"许某祝贺他说："你被封为神，这是大快人心的事。只是人神相隔，即使我不怕道路艰险去找你，可我又怎么能找到你呢？"王六郎说："你只管去，不要过多考虑。"临走时他再三叮嘱许某一定要去。

许某回到家里，立刻就想准备行李去招远县。他的妻子笑着说："你此去有几百里路远，即使找到了地方，恐怕泥巴做的土地神也无法和你说话。"许某不听，终于到了招远。向当地人打听，果然有个邬镇。到了邬镇，他住在旅店中。问土地庙在哪里。店主惊异地问："客人莫非姓许？"许某回答："是的。你怎么知道的？"店主人又问："你莫非家住在淄川？"许某奇怪地问："是的，你是怎么知道的？"店主不回答他的话，赶紧出去了。不一会儿，许多男人抱着孩子来了，女人们则在外面偷看。纷纷前来的人在门外围成了一道墙，许某更加惊讶了。众人就对他说："几天前，我们梦见土地神说：'我淄川的老友许某最近要来。你们要送他一点钱物。'我们听后在这里恭候你好久了。"许某也感到很奇怪，于是前去土地庙祭祀王六郎，说："自从与你分别后，每天都梦到你。这次我应约远道而来，又承蒙你在梦中告诉众人，我由衷地感谢你。惭愧的是我没有贵重的东西送给你，只有薄酒一杯，你如不嫌弃，就像昔日在河边那样把它干了。"祷告完后，许某又烧纸钱。突然，从神座底下刮起一阵风，旋转了好长时间才平息下来。

晚上，许某梦见王六郎来了，衣冠楚楚，和以往大不一样。他感谢许某说："多谢你远道前来探访我。我高兴得眼泪直流。只是我现任小小的土地神，虽与你近在咫尺，但不便与你会面，我心中非常遗憾。这里老百姓送你一些薄礼，聊以报答你昔日对我的友情。你回去时，我会再来送你的。"

住了几天，许某要回家，众人殷勤诚恳地挽留他，早晚都有人宴请他，有时一天有好几个人请他。许某坚决辞谢要回家。于是众人拿着礼单和包袱，争着送东西给他，不到一天，赠送的东西装满了他的行李袋。老人与小孩夹道送行，一直把他送出村子。许某快出村子的时候，突然刮起一阵羊角风，这阵风护送他行了十几里路。许某再次拜告说："王六郎请保重！不麻烦你远送了。你心地仁慈，一定会造福一方，不需要我这个老朋友多说了。"羊角风盘旋很久才散去。全村人也感慨着回去了。

许某回家后，家里比以前稍稍富裕些，于是不再捕鱼了。后来，他向招远人问土地神的情况，都说土地神有求必应，很灵验。

偷 桃

我年少的时候到郡城会考，正赶上要过春节。按照惯例，大年三十，各行各业做生意的商人，都要张灯结彩，吹吹打打，到官府门前表演一番，这就叫做"演春"。这天，我也跟着朋友去看热闹。看热闹的人太多，把官府围得水泄不通。

公堂上坐着四位身穿红服的官员，东边两位与西边两位面对面坐着。当时我年幼，不知道他们是什么官。只听得人声嘈杂，鼓声与吹弹声震耳欲聋。忽然看见一个艺人带着一个披头散发的小孩，挑着副担子走上前来，口中念念有词。人群的喧闹声像潮涌，所以我也听不清他说些什么。只看到堂上的几位官员在那里嘻嘻哈哈。

接着，有位穿青衣的差人大声叫嚷要艺人变戏法。艺人答应后问："变什么戏法？"堂上的官员们相互交换意见后，有位小差人问艺人擅长什么。艺人回答说："善于颠倒生物的季节。"小差人汇报给各位官员，过了一会儿就下来了，命令艺人变桃子。

艺人把衣服脱下放在箱篓上，假装出埋怨的样子，说："长官真是糊涂！坚冰还没有融化，哪里有桃子？不变出来吧，又怕这些当官的发怒，怎么办？"他的儿子说："父亲既然答应了，又怎能推辞？"艺人想了一阵，说："我已考虑成熟了。春初还有积雪，人间哪有桃子可摘？只有王母娘娘蟠桃园内花树四季长春不凋谢，可能有桃子，必须从天上偷桃子才行。"他的儿子说:"唉呀!没有梯子怎么能上天去呢?"艺人说:"有法术。"于是他打开箱子,取出一捆绳子,大约有几十丈长,理出绳头,朝天空抛去,绳子便直竖在空中,好像有什么东西把它挂住。不一会儿,绳子越抛越高,很快就伸入云里。艺人手中的绳子抛完了,对儿子说,"孩子你过来!我年老体衰,身体又重又笨,不中用了,还是你上天走一趟吧。"说完就把绳子的下端交给儿子,说:"抓住它就可以上天。"儿子接过绳子,现出为难的神色,埋怨说:"父亲您也太糊涂了!这样一条绳子,要我拿着它,爬上万里高天。假如我爬到中间绳子断了,连骨头都找不到啊!"艺人拍着儿子的背哄他说:"我已经失口答应了,后悔也来不及了。只有麻烦你去一下了。你千万别怕苦。假如你偷来桃子,长官一定会赏你许多钱,到时候我给你娶个漂亮媳妇。"于是儿子无奈地拿着绳子,盘旋而上,手移一下脚便跟着移一下,好像蜘蛛沿着丝爬一样,渐渐地爬到云霄上面去了,下面的人再也看不到他。

过了很长时间,天上掉下个桃子,有碗那么大。艺人很高兴,赶紧捧着桃子献到公堂上。堂上那些官员传看了很久,都分不清真假。

忽然,绳子落到地下,艺人惊慌地说:"不好了!天上有人砍断了我的绳子,我的儿子又怎能下得来!"过了一会儿,天上又掉下个东西,艺人一看,是儿子的头。他捧起头哭着说:"肯定是我儿偷桃子时,被天上看园子的神发现了,我的儿子完了!"又过了一会儿,儿子的一只脚从天上掉下来了;不一会儿,儿子的身体碎片也纷纷掉下来了,没有一块完整的。艺人悲痛万分，把残骸一一拾起来，放进箱子里关好后，对众人说："我老汉就只有这个儿子，以前他跟着我走南闯北。今天他奉长官的命令，到天上偷桃子，不幸死得这么惨！我要好好地厚葬他。"于是他走上堂跪着说："为给你们偷桃子，害死了我儿子！长官如果可怜我，帮我安葬我的儿子，我来世当牛做马也要报答您的大恩大德。"那四位官员又惊又怕，每人赏赐了他不少银两。艺人接过银两后缠在腰袋里，就手敲箱盖子大声说："儿子，你还不快出来谢赏钱，要等到什么时候？"忽然，一个头发蓬乱的小孩头抵开箱盖露出来了，向着堂上众官磕头，原来他正是艺人的儿子。

这个戏法变得太奇特了，所以至今我还记得。

种　梨

　　有个乡下人推着一车梨到街上卖。因为他的梨个头大，味道香甜，所以他卖的价格很高。

　　这时，有一个头戴破头巾、身穿旧道袍的道士，在车前请乡下人施舍他一个梨。乡下人粗野地呵斥他，他却并不走，乡下人更为恼火，大声责骂他。道士说："你这一车梨有好几百个，我只是请你施舍一个给我，这对于你也不算什么大的损失，你不给倒也算了，何必发这么大的脾气？"旁边围观的人也劝乡下人挑个最差的梨给道士，打发他走算了，而乡下人却坚决不肯。

　　酒店里一个伙计见外面吵闹得不可收拾，于是自己出钱买了个梨，送给道士。道士向他表示感谢。然后又对围观者说："出家人一向都不小气。其实我有很多很好吃的梨，待会儿请大家一同品尝。"有人说："你既然有好梨，为什么不吃，还向人要呢？"道士说："我需要有个梨，把它的核作树种。"于是他大口大口地把梨吃下去，将梨核放在手上，解开肩上破土的工具，挖了个数寸深的坑，先把梨核放进去，然后又用土盖上，并向观众要开水浇灌。喜欢凑热闹的人赶忙向路边小店要了一碗开水，道士接过来浇在坑里。

　　大家都伸长脖子，目不转睛地注视着。奇迹出现了，大家居然看到从土中冒出了嫩芽！冒呀，冒呀，渐渐地长大了；忽然间便长成了树，树叶茂盛；一眨眼就开了花；又一眨眼便结了梨，个头那个大呀，味道那个香呀，压弯了每个树枝。还没等大家回过神来，道士就从树上摘下梨送给了观众，不一会儿的工夫就摘完了梨。梨赠完后，道士就用长刀砍梨树，砍了很久，才把梨树砍倒；然后把还长着叶子的树杆扛在肩膀上，非常从容地走了。

当道士开始变戏法时，乡下人也夹杂在人群里面伸长脖子，眼睛一动不动地看，竟忘记了卖梨的事。当道士走远后，他才回头看车子。啊呀，不好了，满车子的梨居然都没有了！乡下人这时才醒悟过来，刚才道士分给大家的梨原来都是自己的梨。他又仔细检查车子，发现有个车把不见了，是刚刚砍断的。

他十分愤怒，急忙去追道士。转过墙角，只见被砍的车把在墙脚下，而道士早已不知去向了。这件事成为大街市民的一个笑话。

劳山道士

有个姓王的读书人,排行第七,是以前有名望人家的后代。他从小就羡慕道术,听说劳山有许多仙人,就背着书箱前去学习。

来到劳山,他登上山顶,看见一座道观非常幽静。有一个道士坐在蒲团上,虽然白发苍苍垂到肩上,但神采奕奕,气度不凡。王七立即上前行礼并与这位道士攀谈起来。道士谈的道术非常精深玄妙,王七就请求拜道士为师。道士说:"你娇生惯养的,恐怕吃不了苦。"王七听了马上回答:"我能。"道士的徒弟很多,傍晚都到齐了,王七一一与他们行了礼,就留在观中学道。

第二天凌晨,道士把王七叫去,给他一把斧子,叫他跟着徒弟们一道进山砍柴。王七恭恭敬敬地听从了师父吩咐。就这样过了一个多月,王七的手脚都磨出了厚厚的茧子,实在苦不堪言,便暗地里产生了回家的念头。

有一天晚上王七回到观中,看见师父和两位客人一起在喝酒。这时天色已暗,还没有点灯。王七见师父用纸剪成一面圆镜,粘贴在墙壁上。一会儿,就如同明月照耀,满屋生辉,就像大白天一样。徒弟们都围着听候吩咐,只听一位客人说:"这样美好的夜晚,优美的景色,大家不能不一起享乐享乐。"于是他从桌上拿来一壶酒,分给徒弟们,并且告诉徒弟们尽情痛饮。王七心想:七八个人,只有一壶酒,怎么能个个都喝得到呢?这时大家纷纷找杯子,抢先喝酒,唯恐轮到自己时酒没了，但是来来回回地倒酒，壶中的酒却一点也不见减少。看到这，王七心中非常奇怪。过了一会儿，另一位客人说："多谢主人赐给我们明月之光照耀。但我们这样默默地喝酒，也没什么意思，为什么不把嫦娥从月宫中请来呢？"说完只见他把筷子抛向月亮。不一会儿，就看到一位美人从月亮中走了出来。开始还不满一尺，到了地上就与常人一般大小了。她身材苗条，面容娇美，步履轻盈地跳起了"霓裳羽衣舞"。跳过舞后，又唱道："神仙啊！神仙啊！你还回来吗？为什么把我困在广寒宫啊！"歌声清脆高亢，就像箫吹出的声音。她唱完歌，又轻轻旋转跳舞，一下子跳上了桌子。正当大家惊奇地看着她时，嫦娥已经又变成了筷子。

三个人大笑起来。又有一位客人说："今晚真快乐，可我不能再醉了，你们到月宫为我饯行好吗？"于是三个人移动酒席，慢慢地进入月中。徒弟们看到三个人坐在月宫中喝酒，连每个人的胡须眉毛都看得清清楚楚。如同镜子中的人影一样。又过了一会儿，月亮渐渐地暗了。有一个徒弟点上蜡烛进来，只见道士一个人独自坐着，客人不见了踪影，桌上残羹剩菜还在。墙上的月亮只是一张如同镜子大小的圆纸而已。道士问大家："喝够了吗？"众人齐声回答："喝够了。"道士说："既然喝够了，就该早早睡觉，不要误了明天砍柴割草。"大家都答应着退了出来。

王七心中暗暗羡慕，便打消了回家的念头。又过了一个月，王七实在忍受不了这个苦，而道士却不传授给他一点点法术。他再也不愿等待了，便向师父告辞，说："弟子走了好几百里路，来找老师学艺，即使学不了长生不老之术，就是能学到一点小法术，也能满足我求学的心愿。现在已过去两三个月了，只不过是早晨上山砍柴，晚上回来而已。弟子在家从来没有吃过这种苦。"道士笑着说："我早就说你吃不得这个苦，今天果然证明了。明天早上你就动身回家吧。"王七说："弟子在这里做了几个月的活，请师父多少传授点小法术给我，也不枉我来这里一回了。"道士问："你要我教点什么法术给你？"王七说："我经常看见师父走路时，连坚硬的墙壁也不能阻挡你，只要学到这个法术我就满足了。"道士笑着答应了他的要求，就传给他一套口诀。在他自己念完口诀后，道士说："进去！"王七面对墙壁不敢进去。道士又说："你试着往里去。"王七便从容地地往墙里走去。等他走到墙根边却被挡住了。道士说："你要低着头猛然朝里走，不要犹豫不决！"王七定下心来，果然在离墙几步远时猛地向墙壁冲去。碰到墙就像没有碰到什么东西似的。等他回头一看，自己已经站在墙外了。他心中大喜，进去谢过师父。道士说："回去以后，应该排除私心杂念，否则就不灵验了。"于是送给他路费，打发他回去了。

　　回到家中，王七便吹嘘自己遇上了神仙，学到了法术，就是最坚硬的墙壁也不能阻挡他。他的妻子不信，王七便照着在劳山的样子，在离墙几尺远的地方，猛地一下往前冲去。结果一头撞到墙上，一下子跌倒在地上。妻子把他扶起一看，额头上鼓起了一个大包，像个大鸡蛋似的，妻子讥笑他。王七愣住了，怎么也想不通：这是怎么回事呢？

蛇　人

　　有个人靠耍蛇为生。他曾经驯养过两条蛇,都是青色的。大蛇叫大青,小蛇叫二青。二青的额头上有个小红点,它很有灵气,让它盘旋就盘旋,没有不尽如人意的地方。因此,耍蛇人特别喜爱它,不同于对待其他的蛇。一年之后,大青死掉了,耍蛇人想找一条蛇来替补,可是一直没有时间去找。

　　有一天晚上,耍蛇人寄宿在一座山庙里。天亮后,他打开箱子一看,发现二青也不见了。耍蛇人这下可愁死了。他到处寻找,高声呼唤,还是不见二青的踪影。以前每次遇到林深草茂的地方,耍蛇人就把二青放出去,让它自由自在地活动活动,然后一会儿它就自动回来。因此,耍蛇人希望这次跟往常一样,它能自动回来。于是,他坐在那里苦苦等待,等到太阳已经爬得老高了,仍然不见二青回来。最后耍蛇人绝望了,无精打采地走了。

　　刚出门没几步,耍蛇人忽然听到柴木草丛中有窸窸窣窣的声音,便停住脚步仔细观察。他吃惊地发现竟然是二青爬了过来。耍蛇人非常高兴,如获至宝。他赶忙放下担子站在路边,这时二青也停了下来,再看它的后面还跟着一条小蛇。耍蛇人轻轻地抚摸着二青说:"我还以为你跑掉了呢。这个小伙伴是你介绍来的吗?"于是他拿出食物喂二青和那条小蛇。小蛇虽然不跑,但蜷缩着身子不敢吃食物。二青就用嘴叼着食物喂它,好像主人请客人吃东西一样。耍蛇人再次给小蛇喂食,小蛇才张嘴吃了起来。吃完后,小蛇便跟着二青一起进入了箱子。

耍蛇人开始训练小蛇，教它各种动作。小蛇盘旋曲折都合乎要求，与小青已经没有多大差别。耍蛇人于是给它起名字叫小青，带着它们四处卖艺，赚了不少钱。一般情况下，耍蛇人耍的蛇的长度不满二尺最好。太大了就重，不便于耍弄，就要换一条。小青虽然超过了二尺，但它特别驯服机灵，所以耍蛇人舍不得放掉。

又过去两三年，二青已经长到三尺多长了，躺在笼子里挤得满满的，于是耍蛇人决定把它放了。

一天，他来到山里，用好东西喂二青吃，说了一些祝福的话就放二青出笼。二青走了没多远又爬了回来，在笼子外面盘了起来。耍蛇人对二青挥挥手说："你去吧！世上没有百年不散的筵席。你从此隐身在大山谷中，将来一定会成为神龙。这个小笼子怎么可以久居呢？"二青听了就离开了。耍蛇人目送着它离去。不一会儿，二青又返回来了。耍蛇人赶它也不走，只见它用头触动笼子。笼子里的小青也一个劲地动弹，把笼子震得直晃动。耍蛇人突然醒悟说："莫非你是要与小青告别吗？"于是，他打开笼门，放出小青。二青和小青的头贴在一起，互相吐着舌头，好像在说告别的话。过了一会，两条蛇弯弯曲曲地一起爬走了。耍蛇人以为小青也不会回来了，但小青很快就慢慢地回来了，爬进笼子里躺下。

从此以后，耍蛇人走到哪里都想再物色一条好蛇，但一直没有找到。小青渐渐长大了，已经不再适宜表演了。后来，他虽然找到一条小蛇，也比较驯服，但始终不如小青。这时，小青已经有小孩子的胳膊一样粗了。

起先，二青在山中活动，打柴的人经常看到它。过了几年，二青长到数尺长，身围有碗口粗，它开始追逐路人。因此，过往旅客都互相告诫，加强戒备，不敢走二青出没的那条山路。

有一天，耍蛇人经过这里。突然像一阵风一样，窜出一条大蛇。耍蛇人吓得没命地奔跑，那条大蛇在后面紧追不放。耍蛇人回头一看，大蛇快追上来了。再仔细一看，他发现大蛇的头上有个非常明显的红点时，才醒悟过来它是二青。耍蛇人急忙放下担子，叫道："二青，二青！"大蛇顿时停住了。它抬头看了耍蛇人很久，接着跳起身来绕在耍蛇人身上，就像以前盘旋卖艺一样。耍蛇人意识到二青并没有恶意，但是它的躯体太重了，已经受不了它的缠绕，就一跤摔倒在地上。耍蛇人叫它松开，于是二青这才松开了他。只见它又用头触动笼子，耍蛇人懂得它的意思，就打开笼子放出小青。二青小青一见面就互相缠绕在一起，像软糖一样，很久才慢慢松开。耍蛇人于是对小青说："我早就想和你告别了，今天你总算找到伴侣了。"又对二青说："它本来就是你引荐来的，还是托你把它带走吧。我还必须嘱咐你：深山大谷里并不缺少食物，你以后不要再惊扰行人，以免遭到老天的惩罚。"两条蛇听了都低下头，好像是接受了他的忠告。突然，它们扬起头，二青在前，小青在后，向山中爬去。它们所经过的草木纷纷向两边倒去，中间留下了一条路。耍蛇人站在那里目送它们，直到看不见才离去。

从此以后，行人又能和往常一样安全通行了。二青和小青也不知道爬到什么地方去了。

斫 蟒

胡田村有姓胡的兄弟俩，有一天他们到深谷里去打柴。

突然，他们遇到一条巨大的蟒蛇。因为哥哥走在前面，一下子就被巨蟒咬住。弟弟开始吓坏了，转身想逃跑，但看到哥哥被巨蟒咬住，不知道哪里来的勇气，就愤怒地举起斧头，一下子砍在蟒蛇的头上。巨蟒头虽然受了伤，但还是不停地吞吃。哥哥的头已经被吞到巨蟒口中，但两个肩膀卡在嘴边不能一下子吞下。

弟弟急得没有办法，只好用两只手抓住他哥哥的两条腿，奋力与巨蟒争夺，竟然把哥哥拽了出来。再一看哥哥，只见他脸上的鼻子、耳朵都被巨蟒咬掉，快要断气了。

于是弟弟背着哥哥拼命地往家跑，一路上歇了十几次才到了家。弟弟赶紧请医生看。医生就给哥哥开了药吃了。经过半年时间哥哥才恢复，可他的脸上还是伤痕累累，鼻子、耳朵这些地方只留下一个一个窟窿，但哥哥还是顽强地活了下来。

世上竟然有这样的兄弟，不得不令人佩服啊！

雹 神

王筠苍到湖北地区去做官。到任后，他打算登上龙虎山拜会张天师。

一天，他来到湖边，刚上船就看见有一个人驾着一只小船向他驶来，叫船上的人为他通报，要求拜见王大人。王筠苍就让他进来，一看这个人相貌堂堂，便问他有什么事。只见他从怀中拿出张天师的帖子说："听说长官将要来临，天师特地先派我来迎接。"王大人一听十分惊讶，随后就明白张天师可以未卜先知，更把他当作是神，就诚心诚意地拜会他。

到后，张天师设酒宴款待王大人。只见来来往往侍候的仆人都衣冠楚楚，留着长须，和常人有很大的不同，前去迎接的那个人也在其中忙碌。

过了一会儿，他向张天师小声打听这个人。张天师对王大人说："他是先生的同乡，难道你不认识吗？"王老先生一听愣住了，就问这个人到底是谁。张天师回答："这个人就是世间传说的雹神李左车呀。"王大人听了，惊讶得变了脸色。张天师接着说："刚才他正好告诉我，说奉了玉帝的旨意准备去降雨下冰雹，所以特地来告辞。"王大人问"在什么地方下冰雹啊？"张天师回答："在章丘。"王大人想到章丘和他所管辖的地方相邻，所以非常关心，就离开席位，请求张天师免去这场冰雹。张天师说："这是玉帝的旨意，下冰雹的时间、地点和数量都是有规定的。我怎么能徇私枉法呢？"王大人仍然不断哀求。张天师低下头来想了很久，才对雹神嘱咐说："你把冰雹降在高山、谷地，不要伤害庄稼就可以了。"接着又嘱咐说："贵客坐在这里，你要轻轻地离开，不要毛手毛脚。"雹神听后退出殿堂，走到庭院里。忽然，只见他脚下生起了烟雾，满院子都弥漫着。过了很长时间，他才飞起来。开始升得和庭院中的大树一样高，再继续飞，就和楼房一样高了。忽然，只听到轰隆一声巨响，雹神就向北方飞去。房子受到剧烈震动，席上的碗、杯子都被震倒了。王大人吓了一跳，说："去时声音真像雷声。"张天师说："因为刚才告诫了他，所以才慢慢飞走的。不然的话，就像平地一声炸雷，他就会立即消失了。"

　　王大人告辞后回到住所，记下那天拜访张天师的年月日，派人去章丘打听，那里果然在那天下起了大雨和冰雹。冰雹下满了沟沟壑壑，田地里却只有几粒而已。

狐 嫁 女

　　山东历城县的殷天官小时候家里很穷,但很有胆量和谋略。城里有个做大官的,他家的住宅面积很大,占有几十亩地,楼与楼相连。由于宅中经常出现怪异现象,因此空着没人住。久而久之,院里长满了蓬蒿杂草,大白天也没人敢进去。

　　一天,殷天官与一群朋友在一起喝酒。有个人开玩笑地说:"谁能进那个怪屋住一夜,这桌酒菜我们就请他了。"殷天官一听,就从座位上跳起来说:"这有什么难的?"于是,他就带着一桌酒菜到怪屋去了。众人送他到怪屋门口,逗他说:"我们暂时在这里等你,如果看见什么,就大声喊叫。"殷天官笑着说:"如果有鬼怪、狐狸,我就捉住它们作为证物。"说完,他就走进去了。

　　院子里杂草丛生,蒿子长得密密麻麻,挡住了道路。当时正是月初,幸好有朦胧的月光,还能分辨出门窗。殷天官摸索着过了几间房屋,才到了后楼。登上月台,他发现上面光洁可爱,就在那儿停了下来。抬头看看西边天空的月亮,皎洁明净。他坐了好一会儿,也没发现什么怪异现象,心中暗自好笑传言的不真。于是,他就以地当床,以石为枕,躺在那儿看牛郎织女星。

　　一更刚过,他迷迷糊糊地正想入睡,忽然听到楼下有脚步声,"叭嗒叭嗒"地好像有人走过来了。于是他假装睡着了,眯着眼睛暗中观看。只见上来一个穿青衣服的人,手中挑着一盏莲花灯。她猛然看到殷天官，吃了一惊，往后退了一步，向下面的人说："有个陌生人在这里。"下面的人问："是谁呀？"青衣人回答："不认识。"不一会儿，一个老头上来了。他走近殷天官，仔细打量了一下，说："这是殷天官，已经睡熟了。我们只管办事情，他为人豪放不羁，也许不会见怪的。"于是，老翁带领大家上了楼，把楼门全部打开。一会儿，来来往往的人更多了，楼上灯光明亮，就像白天一样。殷天官稍稍翻了一下身子，打了个喷嚏。那老头发现殷天官醒了，连忙出来，跪在地上说："小人有个女儿今天夜里要出嫁，没想到打扰了贵人，请你千万不要怪罪我们。"殷天官站起身，用手扶起老翁说："我不知道今夜是你家的好日子，惭愧得很，没有什么礼物表示恭贺。"那老头说："贵人光临，能压住凶神恶煞，我们已经觉得非常荣幸了。请你陪我们坐坐，就是我们莫大的荣幸，简直是蓬荜生辉啊。"殷天官听了很高兴，就答应了他的要求。

走进楼里一看，只见摆设很华丽。这时走过来一位妇女，大约四十多岁，出来拜见殷天官。老翁说："这是我妻子。"殷天官也还了礼。不一会，只觉得鼓乐喧天，震耳欲聋。有人跑上楼说："来了！"老翁连忙出门迎接，殷天官也站在那里等候。一会的功夫，在一串大红灯笼的引导下，新郎官进来了。新郎看上去有十七八岁，光彩照人，清秀文雅。老头先叫他向贵客行礼。新郎官看了看殷天官，以为他就是女方的傧相，就行了大礼。接着，老头与女婿相互行礼。行完礼后，众人入席。过了一会儿，许多打扮漂亮的使女端来热气腾腾的酒菜。顿时，香气扑鼻，金杯玉碗熠熠生辉，照亮了酒桌。几杯酒过后，老头叫丫头去请小姐出来。丫头应声而去。过了好久还没有见到小姐出来。老头只好自己起身，掀开帘子催促女儿。不久，好几个丫头与老妈子簇拥着新娘子出来了。只听到她身上的玉佩丁当直响，走过来香气扑鼻。老头叫新娘先拜殷天官，起身后她就坐在母亲身边。殷天官稍微打量了一下新娘，只见她头上戴着翠玉的凤钗，耳边挂着透明的耳珰，真是容貌艳丽的绝色佳人。接着，换上了比一般杯子大好几倍的金杯喝酒。殷天官暗想：这个金杯可以拿回去作为向朋友交代的凭证。于是暗中把金杯藏进袖子里，然后假装喝醉了，靠在酒桌上睡起觉来。人们都说："殷相公喝醉了。"过了没多久，殷天官听见新郎告辞，随后就是鼓乐大作，大家纷纷下楼离开了。后来，主人收拾酒具，发现少了一只金杯，怎么找也找不到。有人暗中议论说是那个睡在酒桌上的人偷了。老翁听了急忙制止，唯恐让殷天官听到了。

过了一个时辰，楼内外都静了下来，殷天官这才起身。但周围黑乎乎的没有灯光，只闻到满屋子的脂粉香和酒气。看看东方已经发白，天亮了，殷天官就从容地走了出来。用手摸摸衣袖，金杯还在里面。他刚走到门口，就看见那帮朋友早已在外面等着了。大家怀疑他晚上溜出来，一大早又进去的，不相信他在屋里过夜。殷天官取出金杯给他们看，大家惊奇地问是怎么回事。殷天官就把昨夜发生的情形都告诉了他们。大家都想这个金杯作为一个穷书生是不可能有的，于是都相信了他的话。

后来，殷天官中了进士，到肥丘去任职。当地有个姓朱的公子，祖上都是大官，请他赴宴。酒宴上，朱公子叫家人拿大杯子来敬殷天官的酒。家人去了很久也没回来。有个佣人挡嘴悄悄与朱公子说了几句话，朱公子的脸上立刻就出现了怒容。一会儿家人拿来了金杯倒酒，劝殷天官喝。殷天官仔细看了看金杯，发现金杯的款式与花纹与自己以前在怪屋里取作物证的那个金杯毫无差别。殷天官疑惑不解，忙问这金杯是在哪里制造的。朱公子回答："金杯一共有八只，这是我父亲当年任京官时，专门找技艺高超的金匠制造出来的。以后就作为传家之宝，珍藏很久了，轻易是不用的。今天县太爷屈尊光临寒舍，我特意叫人从箱子里取出来的。可谁知只有七只了，我怀疑是家人偷走了。可包装还是十多年前的样子，上面的灰尘都没有动过，实在令人费解啊！"殷天官笑着说："金杯大概成仙了吧。然而家传的宝物千万不能丢失。正好我家里有一只，与你的金杯非常相似，我就把它送给你吧。"

　　酒席散后，殷天官回到衙门，派人把金杯送到朱公子家。

　　朱公子仔细端详后，不由得大吃一惊。他亲自去谢殷天官，并问殷天官的金杯是从哪里得来的。殷天官便把当年在废宅发生的事从头到尾讲了一遍。他们这才知道，千里之外的东西，狐狸都可以随时取来，但它们终究还是不敢据为己有。

娇　娜

书生孔雪笠是孔子的后代,他为人儒雅,性情温和,擅长做诗。他有个好朋友在天台当县令,写信邀请他去天台。孔雪笠到天台后,不料,那位朋友刚刚去世了。孔雪笠穷困潦倒,举目无亲,连回去的盘缠都没有,只好寄居在菩陀寺内,受雇给和尚抄写经文以维持生计。

离菩陀寺两百多步的地方,是一位单先生的住宅。单先生过去是大户人家的公子,因为与人打官司,家境变得萧条起来。他家人口少,就搬到乡下去了。于是,这座大宅子就空在那儿没人住。

有一天,大雪纷飞,路上一个行人也没有。孔雪笠偶然从单家故宅门前路过,看见有个少年从宅里出来。他长得眉清目秀,仪表堂堂。看见孔雪笠后,连忙上前行礼,说了一些客套话,就邀请孔雪笠进屋坐坐。孔雪笠很喜爱这个少年,就高兴地答应了,跟他走了进去。房屋并不那么宽敞,到处悬挂着锦缎帘子,墙壁上挂着许多古人的书画。桌上放着一本书,书签上写着"琅嬛琐记"四个字。孔雪笠把这本书翻看了一遍,书中的内容都是自己没有见过的。孔雪笠以为少年住在单家故宅里，当然就是主人，也就不问他的家世了。少年却详细地询问了他的经历。听了孔雪笠的述说，少年很同情他，并劝他在这里设学馆教学生。孔雪笠叹了口气说："流落他乡的人，谁肯推荐我呢？"少年说："如果您不嫌我愚笨没法教的话，我愿意拜您为师。"孔雪笠听后非常高兴，说不敢当老师，愿意做朋友。接着，孔雪笠问："这住宅为什么长期关着门？"少年回答说："这是单家的住宅，因为单公子移居乡下，所以长久空着。我姓皇甫，老家在陕西。因为家中的房屋被火烧毁了，所以只好暂时借单府住一下。"孔雪笠这才知道他不是单家人。

当天晚上，两人谈得很投机。少年就留孔雪笠与他共睡一床。天亮时，有个仆人在室内生了一盆炭火。少年先起床进里屋去了，孔雪笠还抱着被子坐在床上。只听仆人进来说："老太爷来了。"孔雪笠吃了一惊，赶紧起床。这时，一个满头白发的老人进来了，一看见孔雪笠就道谢，说："先生不嫌弃我儿子顽皮，愿意教导他，我非常感谢。他刚刚开始学习，不要以朋友、同辈的身份来对待他。"说完，就叫人送来一件棉衣，还有貂帽、鞋、袜等东西。等孔雪笠洗漱完毕以后，老人便吩咐摆上酒宴。屋内的桌子、茶几、床等家具，虽然叫不出名称，但都光彩夺目。喝了几杯酒后，老人就起身告辞，拄着拐杖走了。吃完饭，少年送上他做的作业。孔雪笠发现本子上都是些古人文词，并无当时流行的八股文，就问少年为什么不写八股文。少年笑着说："我不愿参加科举考取功名。"到了晚上，两人又一起喝酒。少年说："今晚我们尽兴喝吧，明天我父亲就不允许喝了。"他又对书童说:"去看看太公睡了没有?如果睡了,你悄悄把香奴叫过来。"书童走后,少年抱了一个包着绣花锦囊的琵琶来了。不一会儿,一个丫鬟进来了。只见她身穿着红装,艳丽动人。少年让她弹奏《湘妃》这个曲子。丫鬟用象牙拨动琴弦,发出激扬哀婉的乐声,曲调与孔雪笠以前听过的完全不同。少年又叫家人拿大杯子来喝酒,一直喝到三更才结束。第二天,两人一起读书。少年很聪明,过目不忘,马上就能背出来。两三个月之后,他写出来的诗文就令人赞叹不已。他们相约五天就喝一次酒,而且每次都喊来香奴弹琵琶。

一天晚上,孔雪笠喝多了,两眼就呆呆地盯着香奴看。少年一看就明白了他的心思,说:"这个丫头是我父亲抚养的。先生远离家乡,又没有妻子,我早就考虑过要为你介绍一位好佳偶了。"孔雪笠说:"如果真有好佳偶介绍给我,就要像香奴这样的。"少年笑着说:"你可真是少见多怪,如果认为香奴是最好的,那么你的愿望也太容易满足了。"

就这样过了半年。一天,孔雪笠想到郊外游玩。当他走到门口时,发现门上挂着一把锁,便问公子是怎么回事。公子说:"父亲怕我因为交友太多而分散精力,所以谢绝客人来访。"孔雪笠听后就安心地住下来了,不再出去了。

转眼到了盛夏,天气闷热,他们便将书房搬到园亭上。不料,孔雪笠的胸部突然起了一个像桃子大小的包,一夜之间肿得有碗口那么大,而且疼得不断呻吟。少年从早到晚都去探望,连吃饭睡觉都顾不上。又过了几天,孔雪笠的病情加重,痛得不吃不喝。老太爷也来看望孔雪笠,父子两人毫无办法,只能互相叹气。少年说:"我前天晚上想,孔先生的病只有娇娜妹妹能医治。我已派人到外祖母家叫她回来，为什么这么久还没回来呢？"正说着，就听见书童进来说："娇娜姑娘回来了，姨娘和松姑娘也一道来了。"皇甫父子听后，急忙起身进里屋。不一会，就带着娇娜出来为孔雪笠治病。

娇娜看上去有十三四岁，一双美丽的眼睛流露出智慧，苗条的身材像细柳那样婀娜多姿。孔雪笠看见娇娜这位绝代佳人，疼痛一下子就忘记了，呻吟声也停止了，精神为之一振。少年对娇娜说："这位老兄是我的好朋友，我们情同同胞兄弟，妹妹可要好好给他治病啊。"娇娜一听，马上收起了羞答答的神色，挽起袖，走近病床开始诊断起来。把脉的时候，孔雪笠觉得她身上的香气胜过兰花。娇娜笑着对孔雪笠说："你该生这种病，心脉都动了。这种病虽然危险，但可以治好。不过，皮肤肿块已经凝结了，非割皮削肉不可。"于是，她脱下手臂上的金镯子放在患处，慢慢地往下按。只见肿块凸出，高出金镯子一寸多，这样肿块全部收束在金镯子内，不像刚才有碗口那么大了。接着，娇娜用一只手掀开衣服，解下佩刀，那刀刃薄得像纸一样。娇娜一手按住镯子，一手握刀，顺着肿瘤根部轻轻地割。流出来一滩紫色的淤血，沾满了床席。孔雪笠看到这样一位美女为自己动手术，不但不觉得疼，还担心割得太快，不能与她呆的时间长久一点。不一会，从孔雪笠身上割下来一团烂肉。娇娜叫人拿水来，为孔雪笠清洗伤口。又从口中吐出一粒红色药丸，按在伤口边的肌肉上，不断地旋转。转了一圈，孔雪笠便感到热气腾腾；再转一圈，觉得像风吹一样发痒；第三圈转完后，感到遍体清凉，舒服到骨髓里了。娇娜收起了红丸吞进咽喉里，对孔雪笠说："你的病已经完全好了！"说完，她快步走了出去。孔雪笠从床上一跃而起，赶着去道谢，身上的疼痛已经完全消失了。

孔雪笠的旧病虽然好了，但他又添新病：那就是老想着娇娜的美丽身影。思念、仰慕之情无法控制。从此，他经常放下书呆呆地坐着，心情烦闷，百无聊赖。少年早已看出他的心事，便对他说："我已经为兄长找到一位美丽的伴侣。"孔雪笠问："是谁？"公子说："也是小弟的亲戚。"孔雪笠凝神思考了很久，回答说："不需要了。"于是对着墙壁吟诵道："曾经沧海难为水，除却巫山不是云。"少年明白孔雪笠的意思，就说："我父亲仰慕你的才华，经常想与你联为婚姻。但我只有一个小妹，年纪又小。我姨娘有个女儿叫阿松，已经十八岁了，长得不难看，如果不相信，你可以在她每天在花园散步的时候，找机会到前厢房去看看。"孔雪笠就照着少年的话去做了，果然看到娇娜陪伴着一位美女来了。只见她弯弯的细眉，婀娜的身姿，相貌与娇娜不相上下。孔雪笠高兴极了，就求少年做媒。第二天，少年从内室里出来，祝贺孔雪笠说："事情办成了。"于是，打扫一间房子，为孔雪笠办婚事。举行婚礼的那天晚上，鼓乐大作，热闹非凡。孔雪笠觉得仿佛跟仙女住在一起，真怀疑广寒宫也未必在天上。婚后，孔雪笠感到心满意足。

一天晚上，少年对孔雪笠说："你对我学业上的帮助很大，我将终生不忘。最近单公子已经打完官司马上要回来了，要房子要得很急。我们打算离开这里回陕西去，这样我

们以后就很难再相聚了,因此,别离的痛苦一直萦绕在我心头。"孔雪笠表示愿意跟他们一起去。少年就劝他回家去,孔雪笠感到很为难。少年说:"不必担心,我可以马上送你启程。"正说着,太公带着松娘来了,他送给孔雪笠百两黄金。少年用左右手分别握住孔雪笠与松娘的手,嘱咐他们闭起眼睛不要看。孔雪笠只觉得身体像飘在空中飞行一样,只听到耳边的风声呼啸。过了很久,少年说:"到了。"孔雪笠睁开眼一看,果然已经回到老家,他这才知道少年不是凡人。

孔雪笠高兴地去敲门,孔母见儿子回来了喜出望外,又看到儿媳妇长得端庄漂亮,更是分外高兴。孔雪笠回头一看,少年早已走了。

之后,松娘细心侍奉婆婆,她的容貌与贤惠远近闻名。后来,孔雪笠考中进士,在延安当官。他带着家眷赴任,母亲因为路远没有一同前往。松娘生了个男孩,取名叫小宦。过了一段时间,孔雪笠因为指控上司违法而被罢官,只是因为一些事情的纠缠还没有回老家。

有一天,孔雪笠偶然到郊野打猎,遇到一位英俊少年,骑着黑马,那少年不住地打量他。孔雪笠仔细一看,原来是皇甫公子。两人勒住马停了下来,真是悲喜交集。公子邀请孔雪笠到家里做客,来到一座村庄,只见树木葱茏,遮天蔽日。进入家门,里面金碧辉煌,豪华得就像大户人家。孔雪笠打听少年的妹妹,公子说她已经出嫁了,还说姨娘已经过世。听说岳母已去世,孔雪笠心里很难过。住了一夜回去后,孔雪笠又与松娘一同来公子家作客,正好娇娜也来了。

她抱起小宦逗他玩,对松娘说:"姐姐,你乱了我们家的种了。"孔雪笠感谢她当年的治病之恩,她笑着说:"姐夫已经成贵人了,现在疮口好了,没有忘掉当时的疼痛吧?"妹夫吴郎也来拜见。他们住了两夜才离开。

有一天,公子忧心忡忡地对孔雪笠说:"老天要降祸给我家,你肯相救吗?"孔雪笠不知道是什么事,但还是慷慨地答应了。公子迅速出去,带来了一家人,全都在堂上围着孔雪笠拜跪下来。孔雪笠大吃一惊,忙问原因。公子说:"我们并不是人,而是狐狸。现在有雷击之灾。你如果肯以身相救,那我们全家都能活命;如果你不肯,就抱着小宦赶快离开,以免受到连累。"孔雪笠发誓要与他们同生共死。于是,公子就让他拿着宝剑站在门口,并嘱咐说:"雷击时,你千万不要动!"孔雪笠按照公子教的去做。

刹那间果然阴云密布,白昼变成了黑夜。孔雪笠回头一看,屋子不见了,只看到一座高高的坟堆,下面有个无底的大洞。孔雪笠惊魂未定,只听一声巨响,地动山摇,然后就是狂风暴雨,连老树都被连根拔起。只震得他眼花耳聋,但他仍然屹立不动。忽然,他看见浓黑的烟雾中,有一个尖嘴长爪的怪物从洞里抓起一个人,随烟而上。孔雪笠一看衣服鞋袜,好像是娇娜。于是,他急忙跳起来,挥剑砍向怪物,那个人就掉下来了。突然雷声大作,把他击倒在地上,昏死过去。一会功夫,云开雾散,天晴了。娇娜醒了过来。她见孔雪笠昏死在自己身边,就大哭:"姐夫为我而死,我还活着做什么?"这时,松娘也出来了,两人把孔雪笠抬进屋去。娇娜叫松娘捧着孔雪笠的头,叫哥哥用金簪拨开他的牙关,自己托起他的下巴，用舌尖把一粒红丸送入他口中，然后做人工呼吸。红丸随着呼气进入孔雪笠的喉咙，发出格格响声。过了一会儿，孔雪笠醒了过来。他看见全家人都在，仿佛刚从梦中苏醒。于是，一家人又团圆了。

孔雪笠认为这地方太幽静、空旷了，不可以呆得太久，就建议一同回老家，大家都表示赞成，只有娇娜有些不高兴。孔雪笠邀请吴郎一同去，娇娜又担心公婆舍不得孙子，商量了一天还是没结果。突然，吴家的管家汗流浃背、气喘吁吁地跑来了。大家惊讶地问他，原来吴家也在同一天遭到雷击，全家都死了。娇娜捶胸顿足，悲伤极了，大哭不止。大家一起安慰她、劝导她。于是一起搬走的事才定下来。

孔雪笠进城办了几天事回来后，就连夜收拾行李，启程搬回老家。

回到老家以后，把空闲的园子腾出来给公子一家住，把园门锁上，只有孔雪笠与松娘来时才开门。孔雪笠与公子兄妹下棋、饮酒、聊天，就跟一家人一样。小宦长大后，面貌清秀，但有时表现出狐狸的习性。他到外面游玩时，别人都知道他是狐狸的儿子。

妖　术

有个姓于的人,年轻的时候行侠仗义,爱好拳脚,力气很大,能举起高大沉重的漏壶,舞动起来如同旋风。

明朝崇祯年间,于公子到北京参加殿试,不幸他的仆人生病卧床不起,他很担心。正巧在集市上碰到一位擅长算卦的先生,说能算出人的生死,于公子想去替仆人问问。

到了算卦先生跟前,还没等说话,算卦的就问他:"你莫非是想问仆人的病吗?"他很吃惊,就如实回答了。算卦的说:"病人倒没有什么妨害,你可危险了。"于公子愣住了,就让先生给自己算算。算卦的掐指算了一卦,然后很吃惊地说:"你三天之内一定会死!"于公子惊讶了半天。算卦的不慌不忙地说:"我有个小小的法术,你给我十两银子作报酬,我就为你消灾。"他一想,生死都已经定了,小小的法术怎么能解救呢?于是没有答应就站起来,想要出去。算卦的说:"舍不得这么一点小钱,你可不要后悔,不要后悔啊!"消息传出去,爱护于公子的人都为他担心,劝他把所有的钱都拿出来去哀求算卦的救命,可是于公子就是不听。

很快就到了第三天,于公子就端端正正地坐在旅店里,静静地观察动静,直到天黑也没有什么灾祸。到了夜里,他关上房门点上灯,抱着一把宝剑,还是端端正正地坐着。一更快要结束的时候,他也没感觉有死的征兆。刚要躺下睡觉,突然听到窗户缝里有响声。急忙往那儿一看,只见一个小人,举着一支戈钻了进来,等跳到地上,就和普通人一样高了。于公子拿着宝剑跳起来，急忙迎头一击。这个人一下子飘在空中，没有击中。突然这个人又变小了，又去寻找窗缝，想要逃走。他迅速砍去，剑到人倒。拿灯一照，原来是个纸人，已经被拦腰砍断了。

于公子不敢躺下睡觉，又坐下等着。过了一个时辰，一个怪物穿过窗进来了，面目狰狞，像个恶鬼。它刚刚跳到地上，于公子眼疾手快，挥剑一击，把它砍成两段，但两段还都在地上蠕动着。于公子怕它再起来，又连续砍了几下，剑剑都砍中了，而且中剑的声音非同一般。仔细一看，原来是个泥塑的偶像，一片一片的，已经砍碎了。

干脆，于公子就把座位移到窗下，目不转睛地瞅着窗缝。过了好长时间，听见窗外有"呼哧呼哧"的声音，好像牛在喘息，有个东西正在用力推窗户，房梁和墙壁都被震得摇摇晃晃的，好像要倒塌一样。于公子怕房子倒了被压住，心想不如出去和它斗吧。于是哗啦一声拔开门闩，奔了出去。只见窗外站着一个大怪物，和房檐一样高。在昏暗的月光下，见它脸色黑得像煤炭，眼里闪烁着黄光；上身没有穿衣服，脚上没有穿鞋子，手里拿着弓，腰间插着箭。于公子正害怕着呢，怪物就射了一箭。于公子用剑一拨，箭就掉在地上了。刚要挥剑还击，又射来一箭。于公子迅速跳到一旁躲开，箭头穿进墙壁，震颤着发出响声。怪物怒不可遏，拔出佩刀，挥动起来呼呼直响，像刮风一样，朝于公子用力劈下来。于公子像猴子一样纵身往前一跳，怪物的刀就劈在石头上，石头立即断了。于公子从它两腿之间钻过去，挥剑砍削它的脚踝骨，发出铿铿的响声。怪物更为恼火，吼声如雷，转身又剁了一刀。于公子又弯腰钻过去。怪物的刀落下来，砍断了于公子的腰带，好险啊。于公子趁势钻到它的肋下，猛力砍了一剑，只听"铿"的一声，怪物一个跟头栽倒了，直挺挺地躺在地上。于公子挥起宝剑，横七竖八地乱砍一气，发出就像打更人敲梆子似的声音。拿灯一照，原来是个木偶，又高又大，像个人形。弓箭还缠在腰上，刻画得很凶恶。被剑砍伤的地方，都流出了鲜血。于公子害怕还有怪物前来伤害他，就点着灯一直呆到天亮。这时他才醒悟过来，三个怪物都是算卦的派来的，想致人于死地，以此来证明他的卦术高明。

　　第二天，于公子把这个情况告诉给了所有的朋友，和大家一起到算卦的地方。算卦的老远看见了于公子，就隐蔽起来让人都看不见了。有人说："这是隐身法，用狗血可以破它。"于公子依照这个说法，小心翼翼地去找算卦的地方。算卦的又和刚才一样隐蔽起来了。于公子迅速把狗血泼到他刚才站着的地方，只见那个家伙，头上和脸上全被狗血浇得模模糊糊的，眼睛亮闪闪的，也像个怪物一样站在那里。于公子就把他抓起来，交给主管这类事务的官员处死了他。

三　生

　　刘举人能回忆自己前世的事情，他与我的兄弟蒲文贲是同年举人，曾向我的兄弟清楚地叙述过自己的前生事。

　　刘举人在前一世是一位有名望、有地位的绅士，但行为不检点，做过许多玷污道德的坏事。他在六十二岁时就死去了。

　　刘举人死后第一次到阴曹地府见阎王时，阎王也看走眼了，把他当作君子，用对待先生的礼节来招待他。请他坐下，并献上茶给他喝。而他暗中观察阎王的茶杯，发现茶色清澈见底，自己杯中的茶色却和混浊的米酒一样。他猜想阴曹地府的迷魂汤大概就是这个吧。于是，他趁阎王看别处的机会，端起茶杯从桌角处把茶水倒掉，假装是自己喝完了。

　　不一会，阎王在检查他生前记录时，发现了他种种罪过，便大怒，下令叫一群小鬼把他揪下去，罚他变做马。

　　随即有一名恶鬼押着他离开，来到一户人家门前。这家的门槛很高迈不过去，当他正在犹豫是进还是退时，恶鬼用力就是一鞭子抽来，疼得他大叫一声，就尥起蹶子来。再一看，发现自己的身子已经在马棚里了。只听有人说："母马生下小马了，还是个公的。"他自己心里很明白，却说不出来。他感到肚子很饿，不得已只好吃母马的奶。

　　这样过了四、五年，他的身体长得很壮实，就是很害怕受皮鞭的抽打，一见到鞭子就吓得赶快逃跑。主人骑马时，要是放好马鞍，挡住泥土，再放松缰绳慢慢地跑，他才不感到很痛苦。但是仆人和马夫经常不放马鞍就骑，两腿一夹，他就感到钻心地痛。因此他非常愤怒，连续三天三夜不进食，就这样饿死了。

他又回到阴间，阎王一核查，发现他受罚的时间还未到期，就责备他有意躲避，就剥掉了他的马皮，罚他变成花狗。他听了很沮丧，就不想去。一群小鬼上来就打。他疼痛难忍，就向野外跑去。一边跑一边想："与其这样受罪，还不如死了好。"于是悲愤地跳下悬崖峭壁，结果摔得站都站不起来。再一看，发现自己已经趴在狗窝里了，母狗正在用舌头舔他的身子。这时他才知道自己已经再次来到人间了。

稍稍长大一点后，他见到粪便明明心里也知道脏，但闻着就是觉得很香，但他下定决心不吃粪便。

做了一年的狗，他常常痛不欲生。想寻死，可又害怕阎王惩罚自己有意躲避罪过；希望主人杀死自己，可主人又精心豢养，不肯杀他。所以只好得罪主人了，于是他故意咬掉主人腿上的一块肉，主人一怒之下就用乱棒把他打死了。

阎王在核查事情的经过后，大怒，怪罪他装疯卖傻，随便发狂咬人，就打了他几百鞭子，准备罚他做蛇。把他关在屋子里，暗无天日。他郁闷极了，就沿着墙爬上去，从一个洞里钻出了屋子。抬头一看，发现自己已经趴在茂盛的野草丛里，居然变成了一条蛇。

于是他发誓不再伤害有生命的东西，饿了就吞吃果实。这样过了一年多，每次都想到自杀，但都觉得不行；想伤害别人被打死，也不行。他便绞尽脑汁，想找到一个最好的死法，可是一时也想不出来。

一天，他趴在野草丛中，听到有车辆通过的声音，就突然窜出来，挡住车子的去路。车子跑过去之后，他就被压断为两截。

阎王非常惊讶：他怎么这么快又死了？刘举人就趴在地上，把经过详详细细地说给阎王听。阎王听后觉得他是没有罪而被车子压死的，就原谅了他，准许在他罚期满后再恢复为人。这以后就是现在的刘举人了。

刘举人生下来就能说话，朗读诗词文章过目不忘，马上就能背出来。后来，被地方官推荐为举人。他经常劝别人乘马时一定要加厚垫好马鞍，挡住泥土；还说用夹子夹住两腿的刑罚要比用鞭子打还要痛苦。

叶　生

　　淮阳有个姓叶的书生，名字不知道叫什么。他写的文章词赋在当地可以说是首屈一指。但叶生的运气不好，每次应试都名落孙山。

　　后来，关东人丁乘鹤来淮阳做知县，看了他的文章，拍案称奇。于是这位知县把他找来，两人谈得很投机，丁知县很高兴，就把他留在县衙里读书，还经常给他钱粮养家。当时正赶上开科考试，丁知县在考官面前赞扬叶生，替他说了不少好话，结果叶生考了第一名。丁知县对叶生寄予了很大希望。到京城参加考试回来以后，丁知县将叶生的试卷要来一看，高兴得边打拍子边称赞。没想到，叶生依然运气不好。张榜公布后，叶生又一次落榜。他很沮丧地回到家，觉得愧对丁知县。身体瘦得只剩下一把骨头，神情变得痴呆，像个木头人。丁知县听说后，又把他喊去安慰一番，叶生感激得泪水长流。丁知县很同情他，约定在自己任满后带他一同进京应考。叶生非常感激，辞别回家后，闭门读书，哪里也不去，不久就病倒了。丁知县时常派人去看望他。尽管吃了不少药，但叶生的病情仍不见好转。

　　而这时丁知县冒犯了上司被罢了官。将要离任时，他写信告诉叶生说："我本来已经定好了日子准备回家，之所以迟迟没有动身，是为了等候与你同行。你如果早晨赶到，那我晚上就出发。"叶生在病床上接到知县的信后，泣不成声，他告诉送信的人："我病得很重，一时好不了，请老爷先走一步。"送信的人回来转告后，丁知县不忍心离去，决定慢慢等他康复。

过了几天，守门人忽然通报叶生来了。丁知县高兴地迎接并问候他。叶生说："因为我的病，让您久等了，真是心中不安。现在有幸我可以跟随您了。"丁知县马上收拾东西准备第二天一早就走。

回到家乡，丁知县要儿子拜叶生为师，早晚都与他在一起。丁公的儿子叫丁再昌，当时十六岁，还不会写文章，但聪明绝顶，任何文章只要读上两三遍就不会忘记。一年之后，丁公子就能下笔成文了。再加上他父亲的关系，不久就考取了秀才。叶生把自己一生所学全部都传授给了丁公子。考举人时的七道试题，丁公子都答得很好，结果得了第二名。一天，丁知县对叶生说："你倾囊相授，才使我儿子成了名。但是你自己却被埋没了，这如何是好呢？"叶生说："这大概是命中注定的吧。我借公子的福气也算为文章吐了一口气，让天下人知道我虽然半辈子沦落，但并不是我才学不行的原因，也就满足了。况且人生能得到一名知己就没有遗憾了，又何必非要自己中举，才算是有出息呢？"丁知县因为怕叶生长期在外客居而耽误了他参加科考，就劝他回家看看。叶生听后很不高兴。丁公也就不再勉强他，嘱咐儿子以后在京城替叶生捐钱买个前程。

丁公子在京城参加科举考试又取得了好成绩，当上了部中主政。他带着叶生一同赴任，朝夕相处。过了一年，叶生参加科举考试，竟考中了举人。正巧丁公子要到南方去治河，他对叶生说："我这次去办事离先生老家不远。先生青云直上，衣锦还乡，这真是一件大快人心的事啊。"叶生也很高兴，选了一个好日子就出发了。经淮阳境内时，公子命仆人备马送叶生回家。

叶生回到家一看，门庭冷落，十分萧条，心里很悲伤。他慢慢走到庭院中，正巧遇到妻子拿着簸箕出来。她突然发现叶生在院子里，吓得丢下簸箕就跑。叶生难过地说："现在我富贵了。你我三四年都没见面了，你怎么就不认识我了？"妻子站在远处说："你已经死了很久了，还说什么富贵？之所以没有安葬你，是因为家里穷，加上儿子又小。如今儿子也长大成人了，就要选个日子找块坟地来厚葬你。你就不要作怪吓人了。"叶生听了，心中很是凄凉。他慢慢走进里屋，只见棺材明明白白地停放在那里。于是，他扑在地上就不见了。妻子惊恐地看着，只见叶生的衣服、帽子、鞋子像金蝉脱壳一样堆在地上。她悲痛万分，抱着衣服大哭起来。这时，叶生的儿子从私塾回来，见马车停在门前，问明情况后，惊慌地跑来告诉母亲。母亲流着泪对他讲了事情的经过。母子又仔细地询问随从，才知道事情的原委。随从回去报告，丁公子听了叶生的遭遇，也为之伤心落泪，并很快赶到叶家哭灵，出钱操办丧事，按举人的级别来安葬叶生。临走时，丁公子还送给叶生的儿子很多钱物，让叶家请老师教叶公子读书。

后来，丁公子又向考官打了招呼，请他关照叶公子。第二年，叶公子就考取了秀才。

成　仙

　　文登县的周生与成生从小是同学，还是一对交情很好的朋友。成生家境贫寒，常年依靠周生帮助。因为周生的年龄大，成生就称周生的妻子为大嫂。逢年过节，成生就会到周生家拜访，亲如一家。周生的妻子产后身亡，他又娶了王氏。因王氏很年轻，成生不敢求见。

　　有一天，王氏的弟弟来看望姐姐，周生在卧室里摆酒款待。正吃饭时，成生过来了。家人通报后，周生请他入席，但成生不肯，告辞走了。周生把酒席移到客厅后，把成生追回来。刚坐下，就有人来报告说周家庄园的仆人让县官重打了一顿。原来是黄吏部家的牛踩了周家的庄稼，于是两家的仆人发生了争吵。黄家的牧童跑回去报告给主人，黄吏部就把周家的仆人送进官衙，狠狠地打了板子。周生问清缘由后，非常气愤地说："黄家那个狗牧童怎么敢这样！他父亲是服侍我祖父的仆人，如今小人得志，就目中无人了吗？"于是怒气冲冲地站了起来，想要找黄吏部论理。成生一把把他按住，劝阻他说："这是个强盗世界，哪分什么青红皂白？何况如今的县官大多是不拿刀枪的半个强盗，你怎么去评理？"但周生不听劝阻，成生再三劝阻，眼泪都出来了，周生这才作罢。

　　周生的怒气难消，一晚上都没睡好觉，翻来覆去到天亮。起身后，他对家人说："黄家欺负我，是我的仇人，这暂且放在一边。县官是朝廷派来的官，而不是有钱有势人家的官，纵然双方发生争吵，也必须双方都到堂才能处置，怎么能像狗一样听人使唤呢？我也要去告黄家仆人，要求惩处，看他怎么处理。"周生家人也都鼓动他去。于是，周生决定到县衙去告黄家的状。于是写好状子呈了上去。谁知，周生的状纸竟被县官撕了扔到堂下。周生大怒，当堂斥责县官。县官恼羞成怒，就把周生抓了起来。

中午，成生到周生家拜访，才知道周生进城告状这件事。于是，他急急忙忙赶到县城去劝阻周生。到后，周生已经被抓进牢里了。成生急得直跺脚，但又无计可施。

这时，县里抓到三个海盗，为了迫害周生，县官和黄吏部贿赂海盗，指使他们一口咬定周生是同伙。接着，县官又根据海盗的口供，革除周生的功名，并严刑拷打他。成生探狱时，两人都有说不尽的酸楚凄凉。他们商量到京城去告御状。周生说："我被关在大牢里，就好像小鸟被锁在笼子里。虽然有一个弟弟，但他太小，只能给我送送囚饭。"成生听后觉得重任在肩，当即表示："这是我应尽的职责。朋友有难不帮助，还要朋友干什么！"说完就走了。周生的弟弟给他送路费时，他早已上路了。

成生来到京城，却告状无门。有一天，他听说皇帝要外出打猎，就事先躲在木材堆里。一会儿皇帝的人马路过这里，成生就出来跪拜喊冤。皇帝收下了状子，派人送到部院审理。这时，案子发生已过去十个多月了，周生已经被诬陷屈打成招，判处死刑。部院长官接到御状，吓了一跳，连忙亲自复审。黄吏部听说后也吓坏了，谋划杀掉周生。他贿赂看守，断绝了周生的食物。周生弟弟送饭来，看守坚决不让他进。成生又到部院叫冤，长官这才提审周生。见周生早已饿得支撑不住身体，长官大怒，用木杖打死看守。黄吏部非常恐惧，就贿赂了几千两银子，请人帮着说情，因此才以免职了事。县官因为贪赃枉法被充军流放。

周生释放回家后，更把成生看成是肝胆相照的朋友。成生自从打过这场官司后，看破了红尘，心如死灰，就邀周生一起到山里过隐居的日子。但周生舍不得妻子，还笑成生过于迂腐。成生听了虽然没说什么，但自己隐居的决心更坚定了。

告别了周生以后，成生有好几天都没有来了。周生就派人去成家打听，成家以为他在周家。两家都没见到成生，大家这才怀疑起来。周生心里明白，赶紧派人去找，寺庙、山谷都找遍了，也没找到。周生就时常给成生的儿子送钱、送衣服，供他生活。

又过了八九年，有一天，成生突然自己回来了。只见他戴着黄色的帽子，披着白羽毛织的大氅，一幅道貌岸然的样子。周生一见，喜出望外，抓住他的手臂说："你到哪里去了，让我到处都找遍了？"成生笑着回答："我像闲云野鹤一样，居无定所。好在分手之后身体还算健康。"周生忙吩咐摆酒宴。说了几句离别后的情景之后，周生想让成生脱下这身道士装束。但成生却笑了笑没有说话。周生说："你好傻啊，为什么抛弃妻子儿女就像扔掉鞋子那样呢？"成生笑着说："不是这么回事，是别人要抛弃我，我能有什么人抛弃呢？"周生问他住在哪里，他说住在劳山上清宫。

酒后他们两人同床睡在一起。周生做起了梦，梦见成生光着身子趴在自己身上,压得他喘不过气。周生惊讶地问这是干什么,成生不回答。周生忽然惊醒,喊成生不答应,坐起来一找,成生已经无影无踪,不知道到哪里去了。定神一看,才发现自己睡在成生这一头。周生吃惊地说:"昨晚我并没有醉,为什么颠三倒四到这种地步呢?"他赶紧喊叫家人,家人用灯一照,发现他已经变成了成生。周生本来长着不少胡须,用手一摸,却没剩几根了,再拿镜子一照,他惊讶地说:"成生在这里,我周生到哪里去了呢?"很快,周生就明白过来了,知道这是成生使的幻术,目的是想让自己归隐。变成成生的周生想进房内,但弟弟因为他面貌变了,不许他进去。周生无法解释,就叫仆人备马去找成生。

几天后,周生到了劳山。马跑得快,仆人跟不上。周生就在树下休息,看到许多道士来来往往,其中有个道人还看了他几眼,周生便上前向他打听成生。那个道士说:"听说过这个人,好像在上清宫。"说完就走了。周生见他没走多远,又跟一个人在说话,也没说几句就走开了。与道士说话的那个人走过来,周生一看,竟然是自己的同窗好友。他赶紧上前打招呼,对他讲了自己变形的事。那人听了惊讶地说:"我刚才还见到他,以为是你。他去了没多久,可能还没走远。"周生十分奇怪:"真怪,为什么我见到自己的面目会不认识呢?"这时仆人也到了,急忙骑马追成生。但追了半天,也没见成生的影子。定眼一看,前面空旷开阔,一个人都没有。周生感到进退两难,一时竟没了主意。转念一想,现在无家可归,还是继续追赶成生吧。前面山路坎坷艰险,没办法骑马。于是,周生把马交给仆人带回家,自己沿着蜿蜒的山路往前走。忽然看见远处有一个小道童坐在路边,周生赶忙奔过去问路,并说明原因。那个道童说自己是成生的徒弟,说完替周生背衣服和粮食,在前面带路,两人一起赶路。

当时是十月中旬,山花开满道路,不像初冬的样子。走了三天才到上清宫。童子进去说有客人到来,成生马上出门迎接。周生这时才认出自己的形貌。两人手拉手进屋,边喝酒边谈心。只见这里有各种珍禽,都听话不怕人,鸣叫起来就像音乐一样悦耳动听,还不时地飞到座位旁鸣叫。周生心中感到很奇怪,但仍然不忘尘世,思家心切,无心在此久留。地上有两个蒲团,周生拽过来同成生并肩而坐。到二更后,他不再想什么了,忽然觉得像是打了一个盹,而且自己与成生已经换了位置。他心中怀疑,用手一摸下巴,还好,胡子和以前一样。

天亮后,周生坚决要回家。成生一再挽留他。三天后,他对周生说:"请你稍微休息一下,明天一早送你回去。"周生刚闭上眼睛,只听见成生叫道:"行李已经准备好了。"他赶忙起身跟成生走。回去的路不是来时的路,周生觉得没有多久就到家了。成生坐在路边,让周生独自回家。周生想让成生一起去,成生就是不答应,周生只好一人慢慢地往家门口走。

周生来到门口敲门,却没人答应。他刚有翻墙进去的念头,突然觉得身体像树叶一样飘起来,一跃就进到院子里。又飞过了几道墙,才到卧室前。只见室内灯火通明,他的妻子还没睡觉,好像和一个人在说话。周生用舌尖舔破窗户纸往屋内一看，只见妻子与一个仆人正在喝酒呢，显得十分亲热。周生顿时怒火中烧，想立刻闯进去捉住他们，又担心自己一个人势单力薄。于是，他悄悄地跑出来请成生帮忙。成生听了也非常愤慨，和他一起冲了进去。仆人跳窗时被成生一剑砍断了臂膀。周生抓住妻子拷问，才知道早在他坐牢时就与仆人好上了。周生一怒之下，杀死了妻子。然后，他和成生一道出来，返回上清宫。

忽然，周生惊醒了，发现自己还在床上。他惊叫："这个梦实在太离奇了，真叫人恐惧！"成生笑着说："梦中的事你以为是真的，而真的事情你却以为是做梦。"周生惊愕地问是怎么回事。成生把剑拿出来给他看，剑上还有血迹。周生害怕极了，他怀疑这是成生施的幻术。成生知道周生的想法，于是，备好行装送他回家。

辗转来到村门口，成生说："那天晚上，我背着剑等你，不就是在这里吗？我讨厌那些污浊的东西，还是在这里等你吧。如果过了吃晚饭的时候你还不回来，我就先走了。"

周生回到家，只见门庭冷落，十分萧条，好像没人居住的样子。他又到弟弟家，弟弟见了哥哥，放声大哭，说："你走后，强盗在夜里杀害了嫂嫂，到今天凶手都没有捉到。"周生如梦初醒，便把自己杀妻子的过程向弟弟说了，嘱咐弟弟不要再追究了。弟弟听得目瞪口呆。周生又问儿子的情况，弟弟叫人把孩子抱来。周生说："这孩子是周家的后代，请你好好抚养他，我想辞别人世。"说完就走了。弟弟流着泪想挽留他，周生却边笑边走，头也不回。

到了野外，跟成生一道离开了。远远地回头对弟弟说：

"能忍才是最大的乐趣。"弟弟还想说什么，却见成生一挥衣袖，立刻就不见了。

周生的弟弟为人太老实，不善于管家，过了几年，家里更贫穷了。周生的儿子渐渐长大了，但没有钱请先生教书。周生的弟弟只好自己教侄儿念书。一天，周生的弟弟在书房看到桌子上放着哥哥写来的一封信。打开一看，信封里什么也没有，只有一枚长指甲。他心里很纳闷，就把指甲放到砚台上，出去问家人信从哪里来的。谁也不知道信是怎么来的。再回屋一看，砚台闪闪发光，已经变成金子了。他十分惊诧，把指甲放到铜铁上面，铜铁立刻也变成黄金。从此，家中就富了起来。周生的弟弟又把千金赠给了成生的儿子。人们都说周家与成家有点石成金之术。

新 郎

江南有个梅孝廉,字耦长,说他的同乡孙先生在德州做官时审过一件奇案。

从前,有个人为儿子娶媳妇。在新媳妇接入家门后,村里的乡亲都前来祝贺。当大家喝喜酒喝到初更时,新郎从房里走了出来。这时,他突然看到穿着一身华丽服装的新媳妇快步走到房子后面去了。他怀疑新媳妇有什么意图,就紧跟在她后面追了过去。

房子后面有条小河,上面有一座小桥。眼看着新媳妇从桥上走了过去,新郎心中很担心,就急忙喊她。可新媳妇没有回答,在远处打手势招呼他过去,新郎急忙过桥赶了过去。两个人前后相距虽然只有几尺远,可总是追不上她新媳妇。

就这样,他们走了几里路,来到一座村庄。新媳妇停下脚步,对新郎说:"你们家冷冷清清的,我住不惯。你和我先在我家暂时住上几天,我们再一起回家去。"说完,取下头上的玉簪扣打房门。不一会,有个小女童应声出来开门。新媳妇就走进门去了。新郎一见,也只好也跟着她进来了。

一进门,就见岳父、岳母都在堂上。岳母对新郎说:"我们的女儿从小娇生惯养,一刻也没离开过我们。一旦离开家,我们心里非常难受。如今,她同你一起回来了,我们很欣慰。先住上几天,我们一定送你们两人回家。"说完为他们打扫房间,准备了床铺和被褥。于是,他们就在这里住了下来。

新郎家中的宾客见新郎出去好长时间也没有回来，就一齐去找。当他们找到新房时，只见新媳妇一个人呆在房间里。问她新郎到哪里去了，她却说不知道。从此以后，新郎家的人四处寻访，还是杳无音信。两位老人很伤心，不断地流泪，都说儿子一定不在人世了。

半年过去了，媳妇的娘家人心痛女儿没有丈夫。于是，他们请新郎父亲答应，想把女儿改嫁出去。新郎的父亲一听这个要求，心中更加悲痛，说："我儿子死不见尸，怎么能确定他的生与死呢？怎么知道我儿子一定做了鬼呢？即使他真的死了，一年之后再改嫁也应该不算晚吧，你们为什么这么急呢？"女家的父亲一听，非常生气，于是就告到官府。

孙先生听了女方的控告，觉得这件案子太离奇了，一时也没有什么好的办法，只好判定让女方等待三年。立案后就打发他们两家回去了。

新郎住在新媳妇家受到了很好的款待，每次和新媳妇商量回家时，她都答应，可总是借故不肯立即启程。这样拖了半年多，新郎心里越来越焦躁，怎么也安定不下来。便想自己回家去，新媳妇再三挽留他。

有一天，新媳妇家突然慌乱起来，似乎要发生什么危难的事。岳父仓促地对新郎说："我们本来想再过三两天就送你们夫妇一起回家，没料到为女儿准备的穿戴和礼物还没有备齐，忽然家中又遭到横祸。不得已，只好先送你回去吧。"于是把他送出门。刚送到门口，就急忙回了，连告别的话都说得很简单。

新郎正想找路回家，回头再一看，岳父的宅院都不见了，只看到有座高大的坟墓。新郎大吃一惊，找到路就急忙回家了。

新郎到家后，详细地把自己那天出走的经过说了一遍。后来，他们到官府报了案。孙先生传来了女方的父亲，告诉了新郎出走的原因，劝他们两家和好。女方听后就答应了，把女儿又送回婆家。当天，这对夫妻重新举行了婚礼。

王 成

王成是山东平原县过去大户人家的子弟,因为生性过于懒惰,日子过得一天不如一天。后来只剩下几间破屋,穷得与妻子盖着用草、麻编织的牛衣,因此经常吵架。

那年盛夏,天气非常炎热。村外有一座周家废弃的园子,房屋都已经倒塌,只剩下一座亭子还算完好。村里很多人都睡在这座亭子里,王成也在其中。

一天天刚亮,村里睡在这儿的人都回去了。太阳已经升得老高时,王成才起来。正打算回去时,忽然发现草丛里有只金钗。拣起来一看,见上面刻有"仪宾府制"几个字。王成的祖父曾经是衡王府的驸马,家中过去留下的东西都是这个款式。因此,他拿着金钗犹豫不决。忽然一个老太婆来找金钗。王成虽然很穷,但为人耿直,马上就把金钗还给了她。老太婆很高兴,极力称赞王成的品德好。她说:"金钗值不了多少钱,只不过它是我丈夫的遗物。"王成问:"你的丈夫是谁呀?"老太婆回答说:"是已经去世的驸马王柬之。"

王成吃惊地说："他是我祖父。你是怎么见到他的？"老太婆一听，也很惊讶，她说："这么说你就是王柬之的孙子了？我是一个狐仙，一百年前与你祖父结婚。你祖父死后，我就隐身了。经过这里时丢失了金钗，正巧被你拾到了，这真是天意啊！"

王成曾经听说过祖父有个狐妻，于是便相信了她的话，并请她一起回家，老太婆同意了。到了家，王成叫妻子出来相见。他妻子穿着破衣，脸色黯淡。老太婆感叹地说："唉，王柬之的孙子竟然穷到这个地步！"再一看，破灶上什么食物也没有，就问道："家里穷得这样，你们靠什么生存啊？"王成的妻子详细地诉说了家中的困境，泣不成声。老太婆听了就将金钗送给了王成的妻子，让她到集市上换钱买点米，并约好三天后再见面。王成挽留她，她说："你连自己的妻子都难养活，再加上我，只能望着空房子发愁，会有什么好处呢？"于是她就走了。接着，王成向妻子讲明了其中的缘故，妻子非常害怕。王成称赞老太婆很仁义，要妻子要像对待婆婆那样好好侍奉她，妻子答应了。

过了三天，老太婆果然来了。她拿出一些银子，买回一石米一石麦。晚上与王成的妻子睡在短床上。王成的妻子开始有些恐惧，但看她很诚恳，也就不再怀疑她。

第二天，老太婆对王成说："你不要懒惰，应该做点小生意，坐吃山空怎么能长久呢？"王成说没本钱做生意。老太婆说："你祖父在世时，钱物任凭我拿。我因为是个世外人，不需要钱物，所以从未多要。积累下来四十两私房钱，至今还保存着，再存在那儿也没什么用处了，你全部拿去买些布匹，马上进京城去卖，可以赚点钱。"于是，王成答应了，买了五十匹葛布回来。老太婆叫他动身，说六七天就可以到京城。一再嘱咐说："这次你一定要勤快些，不能偷懒；做事要快，不要迟疑。要是迟了一天，后悔就来不及了。"王成恭敬地答应了。

王成带着葛布上了路，不料，途中遇到大雨。第二天，道路泥泞不堪。看着来往行人，稀泥漫过脚脖子，王成心里感到自己吃不了这个苦。等到中午，才开始渐渐干了一些。但一会又是阴云密布，大雨滂沱。王成只好住了一夜再走。等他快到京城时，听说葛布价钱很贵，心中暗暗高兴。进京后住进客店一问，店主都对他晚来一步感到惋惜不已。

原来，一开始的时候，南边道路才通，葛布很少，而贝勒府急需买布，葛布的价钱顿时涨了三倍。前一天，王府已买足了布，布价下跌。后来的都很失望。王成听完店主人的话后闷闷不乐。又过了一天，葛布越来越多，价钱越来越低。王成认为无利可赚不肯卖。又过了十多天，食宿费已经花去不少，布却没卖出去，王成的心中更加烦闷。店主人劝他低价卖掉葛布，再做其他生意。王成接受了他的意见，把带来的葛布全卖出去了，亏了十几两银子。第二天早晨起床，打算回家，一看钱袋，卖布的钱全都不见了。王成赶忙告诉店主人，店主人也无计可施。有人劝他去告店主，要店主赔偿。王成却说："这是我的命不好，与他有什么关系呢？"店主听后很感激，就送他五两银子作路费，劝他回去。王成觉得这样回去没脸见祖母。他思来想去，进退两难。

这时，他看见街上斗鹌鹑的，一赌就是几千两。买一只鹌鹑只不过百把钱。他忽然想到，用身上的钱买鹌鹑也够了，于是马上同店主商量这件事。店主竭力鼓励他干，并表示不收他的食宿费。王成很高兴，买了一担鹌鹑进了京城。店主也很高兴，希望他尽快把鹌鹑卖掉。到了夜里，一场大雨倾盆而下，街道上水流成河，王成只好坐等天晴。但雨连着下了好几天，笼子里的鹌鹑渐渐死去了。王成焦急万分，但一时又想不出好办法。过了一天，鹌鹑死的更多，一担鹌鹑只剩下几只了，于是便把它们装在一个笼子里饲养。谁知过了一夜，只剩下一只活鹌鹑了。王成流着泪把情况告诉店主，店主也很为他可惜。王成心想，钱也花光了，家也回不去了，干脆一死了之。好心的店主一再劝他、安慰他。店主和王成去看那只仅存的鹌鹑，他仔细观察之后对王成说："这只鹌鹑非同寻常，那些鹌鹑很可能是被它斗死的。你反正没事，不如带它出去斗斗，如果它是善斗的鹌鹑，你靠它也可以谋生。"王成觉得店主说得有理，就去认真地驯养鹌鹑。驯养好鹌鹑后，店主要他带着鹌鹑到街上赌酒饭。王成养的那只鹌鹑很勇敢，常常大胜而归。店主得知后很高兴，他送钱给王成作赌本，让他的鹌鹑继续与别人的斗。结果，王成的鹌鹑三战三胜。这样过了半年多，王成积攒了二十多两银子。此时，王成的心里觉得宽慰多了，他已把鹌鹑当作性命一样重要。

那里京城中有个亲王好斗鹌鹑，每逢元宵节，总是让老百姓带着鹌鹑到府中去斗。店主对王成说："你发大财的机会来了，但不知道你的运气怎么样。"店主便把亲王与百姓斗鹌鹑的故事讲给王成听，并带着王成前去亲王府。他嘱咐王成："斗败了，你自认倒霉就是了；如果万幸赢了，亲王必定要买你的鹌子，你先不要答应，如果他强迫你，你就看我的眼色行事，我点头后你才能答应。"王成说："那好。"

到了亲王府，就见许多斗鹌鹑的人挤在一起。一会儿，亲王出来了。他的随从大声宣布："愿意斗鹌鹑的上来。"马上有个人拿着鹌鹑上前。王爷说放鹌鹑，那个人也放了鹌鹑子。两只鹌鹑略斗了几下，那人的鹌子就败下阵来。王爷开怀大笑。过了一会儿，已有好几个人的鹌鹑都被亲王的鹌鹑斗败了。店主对王成说："该我们上了。"两人一同上殿。王爷看了看王成的鹌鹑说："满眼杀气，是个善斗的，不可轻敌。"他命令随从放"铁嘴"鹌鹑来斗。只几个回合，"铁嘴"鹌鹑即被斗得大败。又换了几只厉害的鹌鹑，同样被斗败了。亲王急忙命令取宫中的玉鹌鹑来斗。那玉鹌鹑长得一身白毛，神态不凡。王成胆怯，跪着请求停斗，他说："大王的鹌子，是神物，如果伤了我的鹌子，就砸了我的饭碗。"亲王笑着说："放鹌鹑。如果你的鹌鹑斗死了，我会重赏你的。"王成这才再放出鹌鹑。玉鹌鹑见王成的鹌鹑出笼，直接就奔了过去。当玉鹌鹑刚冲将过来，王成的鹌鹑就像发怒的鸡一样低下身体迎战。当玉鹌鹑狠狠啄来时，王成的鹌鹑像鹤一样腾空反击。两只鹌鹑或进或退，或攻或守，相持近一个时辰也没分出胜负。但后来，玉鹌鹑渐渐松懈了，而王成的鹌鹑越斗越怒、越急。不一会儿，玉鹌鹑身上的毛像雪花一样落了一地，垂着翅膀逃走了。

观战的人成百上千，他们都赞赏王成的鹌鹑英勇善战。亲王亲手拿起它，从嘴到爪细细察看一番，然后问王成：

"你卖不卖它？"王成回答："我无依无靠，只与它相依为命，不想卖。"亲王说："我出大价钱，让你拥有中等人家的财富，你愿意吗？"王成低头想了想，半天才说："我本来不愿卖，既然王爷喜欢它，又能让小人不愁吃穿，我当然愿意了。"王爷要他出个价，他回答要一千两银子。王爷笑着说："傻家伙，这是什么宝物价值千金？"王成解释说："大王不把它当成宝物，我却把它当无价之宝。"王爷问为什么，王成说："我带它到街上斗，每天可赢到几两银子，能买到一斗八升的米，一家十几口人就没有挨冻受饿之忧，什么宝物能和它比？"亲王说："我不亏待你，给你二百两。"王成摇了摇头。王爷又加了一百两，王成看看店主，只见他不动声色，就说："看在王爷的面子上，减一百。"亲王说："算了吧！谁肯花九百两买只鹌鹑。"王成听后要过鹌鹑想走。王爷一看喊了一声："你回来，快回来！我出六百两，你同意就卖，不同意就算了。"王成又看了看店主，见他仍不动声色。王成自己已感到心满意足，怕失去良机，就对亲王说："这个价，实在不乐意卖，但不卖又得罪不起王爷。没办法，就依你说的那个价吧。"王爷大喜，叫人称好银两交给他。王成拿到银两后便告辞王爷，出了亲王府。店主在路上埋怨他说："我是怎么告诉你的？你却急着要卖，否则，再讲讲价，八百两就稳稳地拿到手了。"

回到店里，王成把银子放在桌上。他让店主自己拿银子，店主不肯要。王成再三推让，店主就收了他的食宿费。

王成收拾行李回到家，对家里人讲了详细经过，并把银子拿出来庆贺。祖母叫他买了三百亩良田，修房屋，打家具，就像一个大户人家。

祖母每天起得很早，督促王成种地，王妻织布。王成夫妇稍有懈怠，祖母就大声训斥他们。夫妇二人相处太平了，也不再互相埋怨。过了三年，家中更富了，老太婆想告辞离开。夫妇二人哭着挽留她，她答应不走了。可是，第二天早晨找她时，已经不见了。

青 凤

太原耿家过去是大户人家，宅院十分宽敞。后来家道中落，房子大多荒废了。于是，常常出现一些稀奇古怪的事，如堂门自开自关，家里的人经常半夜被吓醒，惊叫不已。耿家实在受不了，只好搬到别处住，只留下一个老头看门。这样，耿家园宅就更加荒凉、可怕了，有时还可以听到楼里的欢声笑语、吹拉弹唱之声。

耿家有个侄儿叫耿去病，为人狂放不羁。他对看门老头说，如果再听见什么或看到什么，就赶紧告诉他。到了晚上，老头看见楼上灯光忽明忽灭，连忙跑去告诉耿去病。耿去病正要进去看一看，老头劝他别去，他不听。这个院子他熟悉，拨开蒿草，沿着弯曲的小路就上了楼。等到了楼上，却并没有什么奇怪的现象。穿过楼道时，他听见有人在叽叽喳喳地说话。他偷偷看去，只见里面点着一对大蜡烛，照得室内亮如白昼。一个头戴儒冠的中年男子朝南坐着，一个中年妇女坐在他对面，看上去有四十多岁。朝东坐着一位二十来岁的小伙子，东边坐着一位十五六岁的少女。桌上摆满了酒菜，四个人围坐着谈笑。耿去病突然闯了进去，笑着大声说："有个不速之客来了！"那几个人吓得跑了，只有那个男子质问他："你是什么人，怎么闯进人家的内室里了？"耿去病说："这是我家的内室，被你强占了。你们在这里喝酒，竟连主人都不邀请，是不是太吝啬了？"那男子看了看耿去病，然后说："你不是主人。"耿去病回答："我是狂生耿去病，是主人的侄儿。"那男子听了，就请他入席，并叫家人重摆酒菜，耿去病连忙制止。那男子就和耿去病喝起酒来。耿去病说："我们是通家好友，刚才喝酒的不必回避，上来一起喝吧。"那男子便喊道："孝儿，出来。"不一会，有个少年从外面进来。那男子说："这是我的儿子。"少年作揖后也坐下了。耿去病问起他们的家世，那男子说："我叫胡义军。"耿去病性格豪爽，能说会道。孝儿也无拘无束。两个人谈得很投机，互相赞赏。耿去病二十一岁，比孝儿大两岁，因此以兄弟相称。胡义军问耿去病："听说你祖父写过一部《涂山外传》，你知道吗？"耿去病说："知道。"胡义军说："我是涂山氏的后代。唐朝以后的家谱族谱我还能记得，五代以前就不知道了，还请公子赐教。"耿去病把涂山氏女儿嫁给大禹，帮助大禹治水的故事简要地叙述了一遍，讲得有声有色。胡义军听得很高兴，他就对孝儿说："今天很荣幸地听到了许多过去不知道的事。公子不是外人，去请你母亲和妹妹来，让她们也知道我们祖先的功德。"孝儿便去了里屋。不一会儿，夫人带着女儿出来了。耿去病上下打量那个少女，见她容貌娇美，身材苗条，一双水灵灵的大眼睛，显得聪明俊俏。胡义军介绍说："这是我的妻子和侄女青凤。青凤很聪明，记性好，所以让她来听听。"耿去病又讲了一些故事，讲完后就喝起酒来。他不住地盯着青凤看，眼睛都直了。青凤觉察后，低下了头。耿去病喝多了，拍着桌子大声说："能娶到像青凤这样的美女，什么高官我也不当！"妇人见他有点醉了，就带着青凤起身进屋了。耿去病很失望，就告别了胡义军父子。

　　出来后，始终忘不了青凤。到了晚上，耿去病又进楼去了，只闻到满屋有一股香气，但一晚上都没有动静。

　　回家后，耿去病与妻子商量，要搬到那个楼里去住，希望参见到青凤，但妻子不同意。耿去病就一个人去了，住在楼下读书。晚上，他刚靠在椅子上休息，突然一个鬼披头散发地进来了，脸上黑得像漆过一样，瞪着眼睛看耿去病。耿去病笑了，用指头蘸上墨把自己的脸也抹黑了，也瞪着眼睛瞅着那鬼，结果那个鬼被他吓跑了。第二天晚上，三更刚过，他正要熄灯睡觉，忽然听到楼后有开门、关门的声音。耿去病急忙起来观看，发现门开了半扇，房里有灯光，仔细一看原来是青凤在里面。青凤看见耿去病，吓得赶紧关上门。耿去病跪在地下说："我不怕危险，是因为想再见到你。"青凤远远地对他说："我叔叔家教很严，让他知道我就死定了。"正说着，青凤的叔叔忽然推门进来。青凤又羞又怕，无地自容。她叔叔骂道："你真不要脸，竟敢败坏我家门风！还不快走，呆会我就揍你。"青凤低着头跑了，她叔叔跟在后面一个劲地骂。耿去病听了，心如刀绞，大声说："这全是我的错，与青凤无关！要打就打我吧。"但四周很安静，一点声音也没有。从此以后，这座楼房内再也没有什么响动了。耿去病叔叔听说后感到很奇怪，愿意把房子卖给侄儿。耿去病很高兴，就把家搬了进去。住了一年多，风平浪静。

清明节那天，耿去病扫墓回家时，看见两只小狐狸被一只狗紧追不舍。一只狐狸落荒而逃，另一只慌不择路，看见耿去病，就向他哀叫，摇头摆尾的，好像在向他求救。耿去病可怜它，就解开衣服，包着它抱回了家。到家后把它放床上，狐狸突然变成青凤。耿去病喜出望外，赶紧安慰一番。青凤说："刚才与丫头玩耍，想不到发生意外，要不是你救了我，我肯定被猎狗吃掉了。请你不要因为我是狐狸而嫌弃我。"耿去病说不会，就把她安排在一间屋子里住下。

过了两年多，一天夜晚，耿去病正在读书，孝儿突然走进书房。耿去病放下书本，惊讶地问孝儿从哪里来。孝儿跪在地上，悲痛地说："我父亲遭大难，只有你才能救他。他本想亲自求你，怕你不肯，所以派我来了。"耿去病问："到底发生了什么事？"孝儿说："你认识莫三郎吗？"耿去病说："认识，他是我同学的儿子。"孝儿说："他明天要路过这里，如果他有抓获的狐狸，请你一定把它要过来。"耿去病说："当初他在楼下羞辱我，我一直耿耿于怀。他的事我是不会管的。如果要想我助他一臂之力，除非青凤来说情。"孝儿听了着急地说："可是青凤妹妹死在野外已经两年多了！"耿去病耸了一下肩膀说："如果是这样，我就更加痛恨他了。"于是，拿起书本高声朗诵起来，再也不看孝儿一眼。孝儿站起身，哭着走了。

耿去病赶紧到青凤屋里，把刚才的事说了。青凤大惊失色地问："你能救他吗？"耿去病说："救还是要救的，刚才我不答应他，是为了报以前那场羞辱之仇。"青凤高兴地说："我从小失去了父母，是跟着叔叔长大的。他以前虽然得罪了你，但看在我的面子上是应该救的呀。"耿去病说："是的。但是毕竟让人心里过不去。如果你真的死了，我一定不会救他。"青凤笑道："你真忍心呀？"

第二天，莫三郎果然来了。他骑着马，佩着剑，一大群随从前呼后拥。耿去病出门迎接，看到他的猎物很多，其中就有一只黑狐狸，毛皮上血淋淋的，用手一摸，皮肉还有温度。耿去病谎称自己的皮大衣破了，向莫三郎要这只狐狸的皮缝补。莫三郎很大方地把黑狐给了他，他把狐狸交给了青凤，然后陪莫三郎喝酒。

客人走后，青凤把狐狸抱在怀里，过了三天它才苏醒过来，又变成了青凤叔叔。他抬起眼睛看见了青凤，怀疑自己已经不在人间了。青凤便把发生的事详细地告诉叔叔，他听后很感激耿去病的救命之恩，并对以前的事表示歉意。

在青凤的请求下，耿去病同意让孝儿一家搬来一起住。从此以后，两家人和睦共处，耿去病住在书房里，经常与孝儿谈古论今。他的孩子也渐渐长大，就请孝儿当孩子的老师。孝儿循循善诱，是一个称职的好老师。

画 皮

太原有个姓王的书生,一大早赶路,遇到一位女郎,抱着个大包袱独自赶路,脚步踉跄,走得很吃力。王生加快脚步跟了上去,一看原来是个十五六岁的漂亮女孩。王生打心眼里喜欢她,便问道:"你为什么这么早就一个人独自赶路?"女孩回答:"你是个过路的人,又不能替我分忧解愁,何必多问。"王生说:"你有什么忧愁?也许我可以为你效力,决不会推辞。"女孩忧伤地说:"我父母贪钱,把我卖给了一个大户人家。那家的大老婆嫉妒我,天天早晨打我,晚上骂我。我实在无法忍受下去,打算逃到远处去。"王生问她究竟想去哪里,女孩说:"逃难的人,哪有确定的地方。"王生便说:"我家离这里不远,如果不嫌弃,就到我家去吧。"女孩很高兴地答应了。于是,王生替她拿着包袱,带着她一起回家。

到了王生家,那女孩见里屋没有别人,就问:"你怎么没有家眷?"王生说:"这里是书房。"女孩说:"这是个好地方。如果你可怜我让我活下去,请你一定为我保守秘密,千万不要对外人讲。"王生答应了她的要求,把她藏在密室里,过了好几天别人都不知道。王生担心被别人知道而走漏了风声,就悄悄地告诉了妻子。妻子陈氏怀疑她是大户人家的陪嫁女,劝丈夫把她打发走。王生不同意。

一天,王生到集市上去,遇见一位道士。那位道士打量王生一番,显出惊愕的神态。他问王生:"你最近遇到了什么了？"王生回答说："什么也没遇到。"道士说："你身上有股邪气缠绕，怎么还说没遇到什么呢？"王生竭力表白，道士就走开了，嘴里却说："太不可思议了。世上还有死到临头却不醒悟的人。"王生因为道士说的话很奇怪，就对那个女孩产生了怀疑。但转念一想，她明明是个美人，怎么会是妖怪呢？可能是道士想借除妖那套把戏混口饭吃吧。

没过多久，王生回到家门前，但院门从里面闩住了，进不去。王生顿时起了疑心，就翻墙进去了。来到里屋，房门也紧关着。王生就悄悄地走到窗子外边朝里看。只见一个面目狰狞的恶鬼，脸色青青的，长牙像锯子似的，正把一张人皮铺在床上，拿着彩笔在人皮上画，画完后就扔掉画笔，举起人皮，像抖衣服那样抖了抖，然后披在身上，一下子就变成了一个美女。目睹这种情景，王生吓得魂飞魄散，路都不会走了，像动物那样从地上爬了出来。

王生想起道士的话，赶紧去找那个道士，但道士已不知去向。王生四处寻找，终于在野外找到了。他跪在地上向道士求救。道士说："我帮你把它赶走。这个东西也下了不少苦功，刚刚找到替身，所以我也不忍心伤害它的性命。"于是，道士就给王生一把拂尘，让他挂在卧室的门上。分手时，两人约好在青帝庙会面。

王生回家后，再也不敢到书房去了，就睡在卧室里，把拂尘挂在门口。一更时分，王生听到门外有唰唰的声音，他吓得不敢看，让妻子出去看看动静。只见那个女子来到门边，望着拂尘不敢进屋，站在那里恨得咬牙切齿，很久才离开。过了一会儿它又来了，嘴里骂道："这个死道士吓唬我，难道到口的食物还要吐出去不成吗？"骂完扯下拂尘撕碎了，然后破门而入，直奔王生的床，把他从被子里拽出来，撕开他的胸腹，掏出他的心就逃走了。王生的妻子号啕大哭，丫头举着蜡烛进来一看，王生已经死了，胸腔被抓得乱七八糟，里面全是血。陈氏一看这种惨相，吓得哭不出声来了。

　　第二天，陈氏叫弟弟二郎跑去告诉道士。道士听后大怒，说："我本来是可怜你，没想到你这个小鬼竟敢如此猖狂！"他立即跟着二郎来到王家。那个女孩已经不见了。道士抬头四处张望，说："幸亏它还没有走远。"他问二郎："南院是谁的家？"二郎说："是我家。"道士说："鬼正在你家。"二郎惊呆了，说不会在他家。道士又问："有没有你不认识的一个人到你家去过？"二郎说："我一大早就去青帝庙了，实在不知道谁来过，我这就回去问一问。"二郎去后不久回来说："果真有人在我家。早晨一个老太婆来到我家，说是想给我家当佣人干杂活。我妻子没答应她，她现在还在呢。"道士说："她就是那个恶鬼。"于是，道士与二郎去了。到了南院，道士手持木剑站在院子中央，大声叫道："鬼妖，赔我拂尘！"那老太婆在屋里惊慌万分，吓得面无人色，冲出门想逃。道士追上前一剑刺去，老太婆就倒在地上，人皮"哗"的一声脱落下来，变成了恶鬼，在地上像猪一样嚎叫。道士用木剑砍下鬼的头，那恶鬼便化为一股浓烟，成了一小堆盘在地上。道士取出一个葫芦，拔掉塞子后放在烟中，那葫芦像吸气一样嗖嗖地把烟都吸了进去，瞬间烟没了。道士塞住葫芦口把它装进袋里。大家看那张人皮，发现眉目手脚，无一不全。道士像卷画轴那样卷起人皮，把它也装进袋中，正打算离去时，陈氏跪拜在门口，哭着求道士施法救活丈夫。道士推辞说自己不行。陈氏更加悲痛，跪在地上不肯起来。道士想了一想，说："我的法术很浅，实在不能起死回生。我介绍一个人，或许他行。"陈氏问那人是谁，道士说："街市上有个讨饭的疯子，经常睡在粪土中。你试着磕头去哀求他。如果他百般侮辱你，你千万不要发怒。"二郎也知道这么个人，他谢过道士，把他送走后，就与嫂子一同到街市找那个疯子。

到了街上，他们看见那个乞丐正在路上疯疯癫癫地唱歌，流出的鼻涕足有三尺长，浑身脏兮兮的，行人都不敢靠近。陈氏跪在他面前叩头求他，他却笑着说："美人爱我吗？"陈氏说明了来意。乞丐又大笑着说："人人都可以做你的丈夫，为什么要去救活他？"陈氏再三哀求，乞丐说："真是怪事呀！人死了求我救活他，难道我是阎王爷吗？"说完，他愤怒地用拐杖打陈氏，陈氏忍痛让他打。街上的人越来越多，围成了一堵人墙。那乞丐忽然吐出一口浓痰，用手捧到陈氏嘴边说："吃下去！"陈氏当时面红耳赤，觉得很为难，但想起道士说过的嘱咐，就强忍着吞下去了。痰到喉咙中，陈氏觉得像团棉花那么硬，吞下去发出格格的声响，最后停在胸膛里。那乞丐又笑着说："美人爱我啊！"说完就走了，连头也不回。他们跟在后面，只见乞丐走到庙里后，就不见了。他们在庙前庙后四处查找，就是找不到任何踪影，陈氏只得又羞又恨地返回家。

回到家，陈氏既有痛失丈夫的悲惨，又后悔吞下乞丐的痰使自己蒙受羞辱。只哭得前仰后翻，想一死了之。陈氏一边哭,一边给丈夫擦血、收尸准备装殓,而家人都远远地站着看,不敢靠近相助。陈氏只好一个人抱着尸体收拾肠子,边料理边哭。由于哭久了嗓音嘶哑,忽然想吐,感觉胸腹中有块东西冲口而出,不等她回过头,那块东西已落入丈夫的胸腔里。她惊奇地发现,原来是颗人心,它已在丈夫的胸腔中突突地跳动着,散发出腾腾热气,像冒烟似的。陈氏觉得很奇怪,赶忙用手把丈夫的胸腔合拢,用力往胸中间挤合。她稍微一松劲,热气就从伤缝中哧哧地往外冒。于是,她赶紧撕了块绸布把伤口包扎起来。用手触摸丈夫的身体,发觉已经有了体温。她又盖上被子。

半夜一看,丈夫已经有微弱的呼吸了。天亮时,丈夫竟然复活了。只听王生说:"我恍恍惚惚的,像是做了个梦,只是觉得肚子痛得厉害。"陈氏看破的地方,留下个铜钱大小的伤口,不久就痊愈了。

贾 儿

湖北有个老头，常年在外经商，他妻子独自在家。有一夜做梦身边有陌生人，醒来一摸，果真有个小男人。看他的模样与众不同，知道是狐狸精。一会儿，小男人下床去了，门没开就不见了。

到了晚上，妇人邀请厨娘做伴。她有一个十岁儿子，平时睡在别的地方，也喊来一起住。夜深了，厨娘与儿子都睡了，狐狸精又来了，妇人小声地不断说梦话，厨娘醒后大声招叫，狐狸精就被吓跑了。

从此，妇人精神恍惚，像丢了魂一样。到了夜里，不敢熄灯，告诫儿子不要睡熟。夜深了，儿子与厨娘倚着墙壁稍微休息一会儿，等醒来一看，妇人却失踪了。他们以为她出去小便了，可等了好久不见回来，才开始怀疑出事了。厨娘害怕，不敢去找。她儿子拿着火把到处寻找，最后在另外一间房里找到了，只见母亲躺在地上。走近去扶她，也不动。从此就疯了，唱歌哭叫，破口大骂，一天多次变化。夜里讨厌与别人睡在一起，叫儿子到别的床上去睡，厨娘也被骂走了。儿子每次听到母亲笑，就点灯来看她，她反而发怒呵斥儿子，儿子也不但不在意，还锻炼了胆量。

妇人的病越来越严重了，嬉戏玩闹完全不能控制，每天模仿泥瓦匠，把砖头、石块堆在窗台上，任何人制止她都不听。有时拿走她一块砖，就躺在地上打滚，大声哭泣，别人也就不敢去管她。

过了几天，两个窗子都被堵上了，屋里没有一点光亮。然后又和泥涂抹墙上的小孔，整天忙忙碌碌的，也不知道累。抹完了，没什么干的，就把菜刀霍霍地磨。见到的人都厌恶她疯癫的样子，不把她当人看。

她儿子半夜把刀藏在怀中，用瓢盖住灯光。等到母亲说梦话时，急忙打开灯，堵住门大声喊叫，过了很久，没有异常现象才离开门口，故意喊着要搜查，再装作要搜的样子。忽然看到一个像狐狸样的东西从门缝里钻出去。他急忙挥刀砍去，可仅砍断了尾巴，大约两寸长，鲜血淋漓。然后把灯挑亮，母亲就责骂他，他像没有听到一样。因为没有击中，他懊悔地回去睡觉了。心想，虽然没杀死它，但可以让它不来了。

等到了天亮，商人的儿子见血迹越过了墙滴到了外面，就沿着血迹跟踪，进入姓何的园中。

到了夜里，狐狸果然没来，儿子很高兴。但母亲却呆不呆痴不痴地睡着，就像死了一样。

不久，商人回来了，来到床前问候，妇人谩骂他，好像见了仇人。儿子就把详细情况告诉了父亲。商人大惊失色，急忙找医生开药治疗，可夫人把药倒掉大骂。商人只好暗地里把药加到汤水中，让她混着喝下去。过了几天，渐渐安静下来，父子俩都很高兴。

一天夜里，商人醒了，发现妇人失踪了。和儿子赶紧找，终于在别的屋中找到了。原来又疯掉了，还不肯与丈夫同住。到了晚上，竟然跑向别的屋子，越是拉她，她骂得越厉害。家人没有办法，只好把门窗都关上。可是妇人一跑过去，门就自己打开。商人伤透了脑筋，驱邪的办法都用尽了，可一点也不灵验。

他儿子傍晚潜到姓何的园子里，想察看狐狸在什么地方。月亮刚升起来，他就听到有人的说话声。悄悄拨开乱草一看，只见有两个人在饮酒。一个长胡子的奴仆捧着酒壶，穿着黄黑色的衣服。他们说话的声音很低，听不清楚。过了一会儿，只听到一人说："明天再拿一壶酒来。"一会儿，两人都走了，只有"长胡子"留在原地，他脱下衣服睡在院中的石头上。仔细一看，四肢都像人，但后面拖着一条尾巴。商人的儿子想回家，又怕被狐狸发觉，于是在草丛中趴了一夜。天还没亮，又看到两个人一前一后来了，唠叨着进了竹林丛中。

儿子回家后，商人问他去了哪里。儿子回答："去了何伯伯家。"

一天，商人的儿子随父亲进城，见到帽子市场上挂着一条狐狸尾巴，就求父亲买下来。父亲不同意，他就拉着父亲的衣服不断请求。父亲拗不过他，就买下了。然后父亲在市场上买其他东西，儿子在旁边玩耍。他趁父亲不注意，偷了父亲的钱，买了白酒，寄放在别的地方。

商人的儿子有一个舅舅住在城里，平时以打猎为生。于是他跑到舅舅家，舅舅外出不在家，舅母问他母亲的病怎么样了。他说："这几天稍微好一点了，因为老鼠耗子咬衣服，又喜怒无常了，所以我来要点药。"他舅母从药箱子里取出一钱重的药，包好了交给他。他嫌少，看舅母正要做汤饼给他吃，趁屋里没人，自己打开药箱，捧了满满一捧揣在怀里。然后对舅母说："不要做饭了，我父亲还在市场上等我呢，没时间吃饭。"说完就出来了，暗地里把药放在酒中，然后在集市上闲逛，到了天黑才回来。父亲问他哪去了，他推说在舅舅家。

从此，他每天都到市场上来游玩。一天，看见一个长胡须的人也混在人群中，他仔细地看清楚了，就悄悄地跟在后面。靠近后与他搭话，问他住在哪里。那个人回答说："北村。你又住在哪里？"商人的儿子说："我住在山洞里。"见长胡须很奇怪，他笑着说："我家世代都在洞府里居住，你不也是这样吗？"那人听了更加惊慌，就问他姓什么。他说："我是姓胡的儿子，那天我看到你侍候两个人在喝酒，难道你忘了吗？"那人仔细打量他，半信半疑。商人的儿子就稍微掀开衣裳，露出他的假尾巴说："我混在人群中，但这个还在，真是可恨。"那人问："你到集市上来干什么？"他说："父亲叫我来买酒。"那人也说是来买酒的。商人的儿子于是问："你买到了没有？"那人说："我们很穷，买不起，所以经常来偷酒。"商人的儿子："干这个事情也太苦了，担惊受怕的。"那人说："受主人的派遣，不得不来。"商人的儿子问："你的主人是谁？"那人说："就是前天你见到的那两个兄弟。一个住在城北姓王的妇人家，一个住在东村的某老头家。老头家的儿子十分凶狠，主人被他砍断了尾巴，过了十天才好，今天又去了。"说完要走，又说："不要误了我的事。"商人的儿子说:"偷酒太难了,不如买容易,我已经买了放在了酒店的走廊下,就送给你吧。我口袋里还有钱,不愁买不来酒。"那人说很惭愧,无以回报。商人的儿子说:"我们本是同类,还要计较这些。等有空,我还想与你痛快地喝一顿呢!"于是和那人一起去取了酒交给他,然后回家。

　　到了夜里,母亲安静地睡下了,不再向外奔跑。商人的儿子心里知道是怎么回事,于是告诉了父亲,同他一道去找死狐狸。只见两只狐狸死在亭子上,一个死在草丛中,嘴角还有血流出来,酒瓶还在,拿起摇了摇,还没有喝完。父亲吃惊地问:"你怎么不早告诉我?"儿子说:"这些东西很敏感,一旦走漏了消息,它们就会知道。"商人高兴地说:"我的儿子,真是治狐狸的高手呀!"

　　于是父子挑着狐狸回去了。其中有一个是秃尾巴,还有明显刀痕。从此,商人的妻子就安静了,不久病也好了。

　　城北王家的妻子,也深受狐狸精的祸害,父子俩去打听情况。由于狐狸死了,她的病也好了。

　　商人从此更加重视对儿子的教育,教他骑马射箭,后来儿子做了总兵。

陆　判

陵阳有个书生叫朱尔旦，性情豪放。一向有些迟钝，学习虽然很用功，却还没有什么名气。

有一天，文社的人聚在一起饮酒。有人戏弄他说："我们知道你是个豪放之人，今晚如果你能把十王殿左边走廊的那位判官背来，我们就凑钱设宴请你喝酒。"原来，陵阳有座十王殿，里面供奉的神鬼都是木雕的，打扮得都像活的一样。东边走廊有个站立的判官，绿脸红须，相貌特别狰狞可怕。有人曾在夜里听到过两边走廊有拷打讯问的声音，进去的人都毛骨悚然。所以这个人就拿这件事来刁难他。

朱尔旦向大家笑了笑，真的去了。没过多久，他就在门外大叫："我已经把大胡子老师请来了！"大家都站起看。只见朱尔旦背着判官进了屋，把他放在桌子上，给他敬了三杯酒。众人见了这种情景，都吓得瑟瑟发抖，坐立不安。只好请求朱尔旦把判官背回去。只见朱尔旦又把酒倒在地上，还祷告说："弟子放肆无礼，请大师原谅，不要怪罪。我家不远，如果老师有兴致，请随时来喝酒，千万不要见外。"说完，就把判官背走。

第二天，文社的人果然宴请朱尔旦。喝到傍晚，他才半醉而归。回到家他觉得意犹未尽，就又点灯独自喝起酒来。忽然，有个人掀开帘子进来了，朱尔旦一看，竟然是判官。他连忙起身，对判官说："哎，我大概快要死了吧！前天晚上冒犯了您，现在是来要我的命吧？"判官摸了摸浓密的胡须微笑着说:"不是。昨天承蒙你盛情相邀,今夜正好有空,所以特地赴约的。"朱尔旦听了非常高兴,连忙给判官让座,亲自洗杯盘,点火准备烫酒。判官说:"现在天气暖和,可以喝冷的。"朱尔旦听后,就将酒壶放在桌上,跑去告诉家人准备菜肴果品下酒。他的妻子听了害怕极了,劝丈夫不要与判官一起喝酒,朱尔旦不听,站着催妻子做菜,然后把酒菜端到桌子上,与判官开怀大饮。朱尔旦询问判官姓名,判官说:"我姓陆,没有名字。"接着跟他谈起典故,陆判官竟对答如流。朱尔旦又问"你知不知道八股文?"判官答道:"文章的好坏还是可以分辨得出来的,阴间读书作文与阳间完全相同。"陆判官酒量过人,一连喝了十大杯。朱尔旦因为喝了一天的酒,不知不觉就醉倒了,趴在桌子上睡着了。等他醒过来,已经是烛光昏暗,判官早已离去。

  从此以后,陆判官每隔两三天就来一次,两人感情越来越深,有时甚至就和朱尔旦同床而睡。喝酒的时候,朱尔旦拿出自己的文章向他请教。判官用红笔勾画,都说写得不好。有天晚上,朱尔旦喝醉酒先入睡了,陆判官还在自斟自饮。忽然,朱尔旦在醉梦中感到腹部有些疼痛,醒后睁开眼一看,陆判官坐在床前,竟然剖开自己的肚子,拉出肠胃,一条条地正在整理。朱尔旦大吃一惊,说:"我和你一向无仇无怨,你为什么要杀我?"陆判官听了,笑着说:"别怕,我只不过是给你换颗慧心。"说完,从容地把肠子放进去,又把肚子缝合起来,再用裹脚布把朱尔旦的腰扎起来。一切忙完了,床上居然没有一点血迹。朱尔旦只觉得腹部稍微有点麻木。看到陆判官把一块肉放在桌子上,就问是怎么回事。陆判官解释说："这是你的心脏啊。你的文章写不好，是因为心窍被堵住了。我从阴间千万颗心脏中挑选了一颗最好的替你换掉了。"说完起身，关上门就离开了。

天亮时，朱尔旦解开衣服一看，发现伤口已愈合，仅能看到一条红线。从此，朱尔旦文思敏捷，大有长进，记忆惊人，过目不忘。过了几天，朱尔旦又拿出文章给陆判官看。陆判官说："可以了。只是你的福气小，不能大福大贵，只能中个秀才、举人而已。"朱尔旦问："什么时候能中举？"陆判官回答："今年一定能夺魁。"

不久，朱尔旦在科试中果然夺冠，接着又在乡试中名列榜首。文社里的人向来喜欢嘲弄他，看到他应试的文章，都面面相觑，非常吃惊。仔细询问，才知道换心的事。大家都来求朱尔旦在陆判官面前引荐，愿意和陆判官结交。陆判官答应了。于是，大家设宴等待。

初更时，陆判官来了，只见他红胡须不断飘动，目光炯炯如闪电。众人大惊失色，哆嗦得牙齿直打颤，最终一个一个都溜走了。

后来，朱尔旦三次进京赶考，都因为格式不正确而被取消考试资格，于是对读书做官感到心灰意冷。

一晃三十年过去了。有天晚上，陆判官告诉朱尔旦："你的寿命不长了。"朱尔旦问还有多久，他说只有五天了。朱尔旦问："能不能救救我？"陆判官说："这是天命，人怎么能改变呢？况且，从乐观的角度来看，生和死是一回事，何必活着就快乐，死了就悲哀呢？"朱尔旦认为说得很对，就开始做寿衣，打棺材，准备好后，穿戴整齐就死了。

第二天，朱尔旦的妻子正扶着棺材哭泣，忽然看到朱尔旦慢慢地从外面走进来，妻子很害怕。朱尔旦说："我是鬼魂，但和活着的时候没有两样。想起你们孤儿寡母，我实在舍不得。"妻子悲伤不已，捶胸顿足，放声大哭。朱尔旦慢慢安慰她。妻子说："自古就有还魂的说法。你既然有灵，为什么不再生呢？"朱尔旦说："天命不可违抗啊。"妻子又问："你在阴间干什么？"朱尔旦答道："陆判官推荐我当管文书的官，一点不受苦。他和我一起来的，快准备酒菜。"说完，他就快步走出屋去。

　　妻子按照吩咐准备好了酒菜，端上桌后，只听屋里传来二人饮酒时的欢声笑语，声音洪亮，和朱尔旦生前陆判官来喝酒时的情景一模一样。

婴 宁

王子服，是莒县罗店人。早年丧父，他非常聪明，十四岁考取秀才，入泮宫读书。母亲最钟爱他，平常不让他到郊野游玩。聘定萧氏为妻，还没嫁过来就死去，所以王子服求偶未成。

恰逢正月十五元宵节，舅舅的儿子吴生，邀请王子服同去游玩。刚刚到村外，舅舅家有仆人来，把吴生叫走了。王子服见出来玩的少女多得像天上的云彩，于是乘着兴致一个人独自游玩。只见有个女郎带着丫鬟，手拿一枝梅花，容貌娇美，风华绝代，笑容可掬。王子服目不转睛地盯着看女郎，竟然忘记了顾忌。女郎走过去几步，看着丫鬟笑着说："眼睛放光，怎么像贼！"说完把花丢在地上，笑着离开了。

王子服拾起花来神情惆怅，失魂落魄，于是很不愉快地回家。到了家里，把拾来的花藏到枕头底下，倒头就睡，不说话也不吃东西。母亲很为他担忧，请和尚道士施法以消灾祛邪，不仅不管用，病情反而加剧了，身体很快消瘦下去。请医生来诊视，让他吃药发散体内的邪火，王子服更恍恍忽忽，像是被什么迷住了。母亲细细地问王子服得病的原因，他默默地不作答。恰好吴生来了，王母嘱咐他盘问王子服的病因。吴生来到王子服床前，还没等他问，王子服见到他就流下泪来。吴生靠近床边劝解安慰王子服，渐渐开始细问。王子服把实情全说了出来，而且求吴生出谋划策。吴生笑着说："你也太痴情了，实现这个愿望有什么难的？我为你找找她。在郊外徒步行走一定不是显贵人家。假如她没有许配人家，事情就一定成功；不然的话，就拿出一些银两作聘礼，估计她一定会答应的。只要你病好了，事情就包在我身上。"王子服听了这番话，不觉喜笑颜开。于是，吴生出去告诉了姑母，说首先要找到那个女子居住的地方，但地方这么大，人海茫茫，一点线索也没有。王母也十分忧虑，拿不出什么主意。但是自从吴生离开后，王子服的愁容顿开，吃饭也略有长进。

几天之后，吴生又来了。王子服问谋划的事办得怎么样了。吴生欺骗王子服说："已经找到了。我以为是什么人，原来是我姑姑的女儿，就是你的姨表妹，现在还没讲人家。虽然是亲戚婚姻血缘太近，有点麻烦，但把实情告诉他们，一定会成功的。"王子服听了高兴得眉飞色舞，问吴生说："她住在什么地方？"吴生哄他说："就住在西南山中，距这里大约有三十多里路。"王子服又再三嘱托吴生，吴生拍着胸脯，自告奋勇地承担了下来。

王子服从此之后饮食渐渐增加，身体一天一天地恢复。看看枕头底下，花虽然干枯了，还没有凋落，聚精会神地拿在手上欣赏，就如同见到了那个人一样。但吴生好长时间没来了，他感到奇怪，就写信叫吴生来。吴生借故推托不肯前来。王子服因此很生气，心情郁闷，很不高兴。王母担心他又生病，急着为他挑选女子结婚。稍微和他一商量，他就摇头不答应。只是每天盼着吴生。但吴生最终还是没有消息，王子服更加怨恨他。转而又想，三十里地并不遥远，为什么一定要仰仗别人呢？于是他把梅花放在袖中，赌气自己去找，家里的人谁都不知道。

王子服孤零零地一个人走，没有人可以问路，只是朝着南山走去。大约走了三十余里路，只见群山重叠，空气新鲜，一片绿色，感觉神清气爽。四周安静，一个行人也没有，只有险峻狭窄的山路。远远望见谷底，在花丛树群中，隐隐约约有个小小的村落。于是，他走下山进入树林，见到房屋不多，都是茅屋，而环境十分幽雅。向北的一家，门前都种着柳树，院墙内桃花杏花还开得很繁茂，夹杂着几棵长竹，小鸟在其中鸣叫。他猜想这是人家私宅，于是不敢贸然进去。回头看着，对着门有块石头平滑而光洁，就坐在上面稍作休息。

不久，听见墙内有女子高声叫"小荣"，声音娇嫩很细。王子服正站在那儿听的时候，只见有个女子由东向西走来，手里拿着一朵杏花，低着头自己想把花插在头上。抬头看见王子服，于是就不再插花，含笑拿着花走进门去。王子服仔细一看，这女子就是元宵节时在路上遇见的。心中非常高兴。但是考虑找不到理由进去与她交谈。想喊姨妈吧，可从来没有来往过，担心弄错了。门内又无人可问，于是坐立不安，来回徘徊，从早晨一直到太阳偏西，眼波流动，望穿秋水，连饥渴都忘了。时时望见女子露出半个面孔来看他，似乎是惊讶他为什么这么久不离去。忽然一位老妇扶着拐杖出来了，看看王子服说："年青人，你是哪里的？听说你从一大早就来了，呆到现在，你想要干什么？肚子不饿吗？"王子服赶忙作揖行礼，回答说："我在这儿等亲戚。"老妇人耳聋没听见。王子服又大声说了一遍。老妇人于是问："你的亲戚姓什么？"王子服回答不出来。老妇人笑着说："奇怪啊！姓名都不知道，怎么能探亲呢？我看你这年青人，只不过是个书呆子罢了。不如跟我来，吃点粗米饭，家里有小床可以睡，到明天早上回去，问清楚姓名，再来探访也不晚。"王子服肚子正饿，想吃饭了，更因为从此以后便可以渐渐接近那美丽女子，非常高兴。

跟着老妇人进去后，见到门内是用白石铺成的路，路两边树上开着红花，一片一片坠落在台阶上。顺着路曲折转向西边，又打开一扇门，有一座豆棚花架布在院中。老妇人恭敬地请客人进入房舍，只见四壁泛白，光亮如镜。窗外的海棠树枝条带着花伸进屋内。垫褥坐席，茶几凳子，样样都非常洁净光亮。刚刚坐下，就发现有人从窗外隐约窥看。老妇人叫道："小荣，赶快去做饭。"外面的丫鬟高声答应走了。坐着的时候，王子服详细地介绍了家族门第。老妇人听后问："你的外祖父是不是姓吴？"王子服说："是的。"老妇人吃惊地说："你是我的外甥啊！你母亲是我妹妹。近年来因为家境贫寒，又没有男孩子，于是导致相互之间消息不通。没想到外甥已经长这么大了，还不认识呢。"王子服说："我这次来就是为了找姨妈的，匆忙中忘了姓名。"老妇人说："我姓秦，没有生育。只有一个养女，她的母亲改嫁了，留下来给我抚养，人也不算愚钝。只是教育太少，喜欢嬉闹，不知道忧愁。过会儿，叫她来拜见你认识认识。"没有多久，丫鬟准备好了饭，又是鸡又是鸭，很丰盛。老妇人不断地劝王子服多吃。吃完饭后，丫鬟来收拾餐具。老妇人说："叫宁姑来。"丫鬟答应着离开了。不久，听到门外隐隐约约有笑声。老女人又叫道:"婴宁,你的姨表兄在这里。"只听门外嗤嗤的笑声不止。丫鬟推着婴宁进门,婴宁还掩住自己的嘴,笑声不能停下来。老妇人瞪着眼睛说:"有客人在,还嘻嘻哈哈的,成什么样子!"婴宁忍住笑站着,王子服向婴宁行礼。老妇人说:"这是王子服,是你姨妈的儿子。一家人还互不相识,真是让人笑话。"王子服问:"妹子有多大了?"老妇人没有听清,王子服又说了一遍。婴宁又笑起来,笑得低下身子,头都没法抬起来。老妇人对王子服说:"我说教育太少吧,你看看。已经十六岁了,还像个傻丫头。"王子服说:"比我小一岁。"老妇人说:"外甥已经十七岁了,莫非是庚年子时出生属马的?"王子服点头说是。又问:"外甥媳妇是谁?"王子服回答说:"还没有。"老妇人说:"像外甥这样的才貌,怎么十七岁还没有讲媳妇呢?婴宁也还没有婆家,你们两人非常相配,可惜因为是亲戚,太可惜了。"王子服没有作声,眼睛注视着婴宁,一动也不动,根本无暇看别的地方。丫鬟向婴宁小声说:"眼睛放光,贼的样子一点没变。"婴宁又大笑,回过头对丫鬟说:"我们去看看桃花开了没有?"赶快站起来,用袖子掩住口,又急促地向门口走。到了门外,才放声大笑。老妇人也起身,叫丫鬟铺好床铺,为王子服安排住的地方,说:"外甥来这儿不容易,应当住个三五天,慢慢再送你回去。如果觉得闷,房屋后面有小园可供你消遣,也有书可以用来读。"

饭刚吃完,王子服家中人牵了两头驴来找王子服。在这以前,王母等王子服很久不回家,开始担心。到村中寻找,没有一点踪迹,就去询问吴生。吴生记起以前说的假话,就让王母到西南山中去寻找。走了好几个村庄,才到这个地方。王子服出门,恰好遇见找自己的人。于是就进去告诉老妇人,并且请求让婴宁和自己一同回去。老妇人高兴地说:"我也有这个愿望,并不是一朝一夕的了,只是我老了,手脚不灵活了,不能去远处。外甥你带着妹子去认识阿姨就行了。"就呼喊婴宁,婴宁笑着来了。老妇人说:"有什么喜事,笑起来就不停?你如果不乱笑,会是一位淑女。"婴宁就故意鼓起眼睛。老妇人接着说:"大哥想要带你一起离开,你去整理行装吧。"又用酒食招待王子服的家人,才送他们出门,嘱咐婴宁说:"你姨妈家生活富裕,能养活很多人。到了那儿就不要回来,稍微学些诗,学些礼,也好将来伺候公公婆婆。再请阿姨为你选择一个好的郎君。"婴宁答应了,王子服等人就出发了。走到山坳回头看,还隐约看见老妇人靠着门朝北望。

回到家中,王母看见婴宁非常漂亮,惊奇地问是什么人。王子服回答是姨表妹。王母说:"以前吴生和你说的都是假的,是哄你的。"于是问婴宁,婴宁回答说:"我不是这个母亲生的。父亲姓秦,死的时候,我还在襁褓中,记不起那个时候的事。"王母说:"我是有个姐姐嫁给姓秦的,这倒是确实的。但她已经死了很久了,怎么能又活过来呢?"于是细问老妇人的面目特征,知道她脸上有颗黑痣,都完全和姐姐的特征符合。王母又疑惑地说:"这倒是我姐姐,但是已经死了多年,怎么能又活过来?"正在疑惑的时候,吴生来了,婴宁回避进入内室。吴生询问知道了情况,也很疑惑,想了很久,忽然说:"这个女子名叫婴宁吗?"王子服说是的，吴生连连说真是怪事。王子服问他怎么知道婴宁的名字的，吴生说："嫁到秦家的姑姑去世后，姑夫一个人独居，被狐妖迷惑，得病死了。狐妖生下个女儿，就叫婴宁，用襁褓裹着放在床上，家中人都见过她。姑夫死后，狐妖还时常来看看。后来家中求到道士的符咒贴在壁上，狐妖才带着女儿离开了。莫非她就是那个女儿吗？"大家正疑惑不解时，忽然听到室内传出咔咔的声音，原来是婴宁的笑声。王母听了说："这个女孩子也太放纵了。"吴生请求和她见面。王母进入内室，婴宁正开怀大笑呢。王母让她出去见吴生，才极力忍住笑，又面对墙壁站了一会，才从内室出来。刚刚行完礼，又转身进入内室，又放声大笑起来。屋子里的人都被她逗笑了。

吴生想自己亲自去婴宁家看看有什么奇异的地方，顺便为王子服、婴宁做媒。于是找到那个村庄所在的地方，一看并没有房屋，只有零落的山花而已。吴生记起姑姑埋葬的地方，好像离这儿不远，但是坟墓已经被荒草埋没，没有办法可以辨认，于是失望地回去了。

王母听了吴生叙述，开始怀疑婴宁是鬼，于是进去把吴生看到的情况告诉了婴宁。没想到婴宁一点儿也不害怕。王母说婴宁够可怜的，家也没了，可婴宁也一点儿没有悲伤的意思，还是嗤嗤地憨笑。没有人能猜到她的心里到底在想什么。王母只好叫小女儿和婴宁同起同住，观察她的一举一动。

一大早婴宁就过来请安了。她很能干，会做各种细活，手艺精巧，无人能比。就是喜欢笑，即使不让她笑也不行。

可她笑起来非常好看，虽然有些随意但不影响她娇美的容貌，人们都乐于见到她笑。邻家的女孩、年轻的妇女，都争着和她来往。王母也逐渐喜爱起婴宁来了，再加上儿子的痴情，所以决定挑选好日子为他们举办婚礼。但终究担心她是鬼，就在暗中察看。在太阳底下，一看她的身影又和常人没什么两样，于是放心了。

到举行婚礼的这一天，人们让婴宁穿上华丽的服装，学习行新媳妇的礼仪，婴宁笑得更厉害了，弯着腰，连头都不能抬起来了，大家只好作罢。

婚后，小两口恩恩爱爱，日子过得挺幸福。每次王母忧愁或是发怒，只要婴宁来了，笑一笑就会化解忧虑，平息怒火。

过了一年，婴宁生了一个儿子，在襁褓中就不怕生人，见人就笑。真是有其母必有其子啊。

聂小倩

浙江人宁采臣，为人慷慨豪爽，洁身自好。他常常对别人说："我这个人对爱情专一，平生不娶妾，不会有外遇。"

有一次，宁采臣到金华去赶考。到了城北，他走进一座寺庙。只见寺中大殿宝塔十分壮丽，但院子里长满了比人还高的蓬蒿，好像已经好久没有人的踪迹了。这里幽静极了，非常适合看书。宁采臣想到城里房租很贵，于是决定暂时就住在这座寺庙里。

傍晚时，有个读书人来开南面小屋的门。宁采臣赶忙上前行礼，并把自己想在这里留宿的打算告诉了对方。那个读书人说："这里没有房主，我也在这里借宿。你不怕冷清就住在这里，我早晚还可以向你讨教，真是不胜荣幸啊。"宁采臣听了很高兴，就在这里住下了。

这天夜晚的月光皎洁，宁采臣和那位书生在大殿的走廊里促膝谈心。两人作自我介绍，书生说自己叫燕赤霞，是陕西人。两人说了半天话，就各自回屋休息。

宁采臣在陌生的地方过夜，总是难以入睡。朦朦胧胧中，好像从北边房里传来叽叽喳喳的说话声。于是，他起身趴在窗口向外看。只见墙外一个小院子里，有一位四十多岁的妇女和一个老太婆在月光下说话。只听那妇人说："小倩为什么这么久没来了？"老太婆说："大概就要来了吧。"妇人说："她是不是向姥姥您发牢骚了？"老太婆回答："没听她发牢骚，但好像心情不好。"妇人说："这个小丫头不知道好歹！"话还没说完，就见有个十七八岁的女孩进来了，好像很漂亮。老太婆笑着说："背后不能说人，我们两个正说你呢，你这个小妖精就悄悄地进来了，幸亏我们没说你什么坏话。"妇人又和女孩子说了些什么，宁采臣没有听清。以为她们是燕书生的亲眷，所以他又躺下睡觉了。

过了一会儿，宁采臣刚要入睡，就觉得好像有人进了他的卧室。他急忙起身一看，发现是那个叫小倩的女孩子。他不由得吃了一惊，问她进来干什么。小倩说："这里太寂寞了，我想找人说说话。"宁采臣严肃地说："孤男寡女的，你不怕别人议论，我还怕别人说闲话呢。我可是正人君子，不想被人误解成无耻之徒。你快走。"女孩听了只好走开。刚走出门又转身回来，把一锭金子放在宁采臣的床上。宁采臣马上把它扔到地上，斥责说："不义之财，别弄脏了我的口袋。"女孩羞愧地拣起金子走了，嘴里还说："这个男人真是冷血动物，铁石心肠。"

第二天早上，有个兰溪的书生带着一个仆人住在寺庙的东厢房里。不料，书生竟在当天夜里死了。大家发现他的脚底心有个小孔，像是被锥子刺的，还有一缕缕的血丝往外流。众人都不知道是怎么回事。过了一个晚上，书生的仆人也死了，他的症状和书生一模一样。晚上，燕赤霞回来了。宁采臣问他知不知道死因，他认为这是妖魔在作怪。宁采臣为人刚直，根本没把鬼的事放在心上。

到了夜里，那个女孩又来了。她对宁采臣说："我见过的人多了，但没有像你这样刚直的人。你有圣人的品德，我不敢欺骗你。我叫聂小倩，十八岁就病死了，就埋在这座寺院旁边，被妖精逼着干了不少伤天害理的事。它逼我用容貌去迷惑别人，然后把他杀掉，这并不是我愿意做的。现在寺中已经没有人可以杀了，妖精很可能明晚就要来杀你了。"宁采臣听了十分害怕，请求小倩想法救他。聂小倩说："你跟燕赤霞住在一屋就能免除凶灾。"宁采臣奇怪地问："你为什么不去迷惑燕赤霞呢？"小倩回答说："他是个奇人，鬼妖不敢接近他。"宁采臣又问："你们是怎样害人的呢？"聂小倩说："我靠近他后，悄悄地用锥子刺他的脚心，等他昏迷过去后，我就吸他的血再给妖怪喝。有时候，我用金子去勾引，其实那不是金子，而是罗刹鬼的骨头。这东西留在谁那里，就能把谁的心肝掏去。这两种方法都是投其所好。"说完就哭了。宁采臣问："我能帮你什么忙吗？"小倩说："如果你能把我的骨头带到一个清净的地方安葬，我就能脱离苦海，我将感激不尽。"宁采臣答应了她的要求，问她的坟在哪里，她说："请记住，白杨树上有个乌鸦巢穴的地方就是。"说完出门就不见了。

第二天，宁采臣恐怕燕赤霞外出，就早早地去邀请他喝酒。在酒席上，宁采臣提出要和他同睡一屋的要求，被燕赤霞以喜欢清净为由拒绝了。宁采臣不管，到了晚上，强行把

铺盖搬了过来。燕赤霞没办法，只好同意，但他又嘱咐道："我知道你是个大丈夫，对你也很钦佩。不过，我有些私事难以明说。请你不要翻看我的小箱子。否则，对你我两人都没有好处。"宁采臣很恭敬地答应了。燕赤霞把小箱子放在窗台上，一会就鼾声如雷了。宁采臣睡不着。大约一更时分，他发现窗外隐隐约约有人影，正慢慢靠近窗户朝里看，目光一闪一闪的。宁采臣很害怕，正要喊燕赤霞，忽然看见有个东西从小箱子中飞出，发出一道白光，射向窗外，很快就熄灭了。燕赤霞起来拿起箱子检查，从里面取出一个东西，映着月光嗅了嗅。然后，又把它紧紧包牢，放进箱子里。还自言自语："什么老妖怪，竟敢有这么大的胆子，把我的箱子都给弄坏了。"说完又躺下来。宁采臣觉得太奇怪了，便起身问燕赤霞是怎么回事。燕赤霞说："既然我们是好朋友，我就告诉你吧。我是个剑客，刚才剑被窗格子挡了一下，妖怪没死，只是受了重伤。"宁采臣这才安下心来。

第二天，宁采臣来到寺院北边，他看见一片坟地。仔细一找，果然有棵白杨树，树上有个乌鸦巢。于是，他挖出聂小倩的朽骨，用布包好，回来整理行装准备回家。

临行前，燕赤霞设宴送行，把一个皮囊送给宁采臣，并说："这是剑袋。你好好收藏，它可以降妖除怪。"宁采臣谢过，就告辞了。

回家后，宁采臣将小倩的坟建在书斋外。安葬完毕，他开始祭祀，说："可怜你孤苦伶仃的，现在把你葬在我屋子旁边，再也不会有恶鬼来欺负你了。一杯水酒，不成敬意，请你不要嫌弃，把它喝了罢！"祭祀完正准备回家，忽然听见身后有人喊："请等等我！"回头一看，竟是小倩。聂小倩笑着感谢宁采臣，说："你的大恩大德，我永远也报答不尽。请让我跟你回去，做个丫头来服侍你。"宁采臣答应了。

回到家，宁采臣让她先坐一会儿，然后去告诉母亲。他母亲听说后很吃惊。当时，宁采臣的妻子已经病了很长时间，母亲叫他不要声张，以免吓着病人。他们母子正说着话，聂小倩悄悄地进了屋，跪在地上拜见宁采臣的母亲。宁采臣介绍说："这就是小倩。"宁母惊慌地看了看她，心里很害怕。聂小倩说："我孤单一身，远离父母兄弟。承蒙公子关照，救我脱离苦海。因此，我愿意侍奉他，来报答他的恩德。"宁采臣的母亲见她端庄秀丽，模样可爱，于是说："姑娘肯照顾我儿子，我当然很高兴。"这样小倩就留了下来。

小倩很勤劳，洗衣、做饭什么都干。她在宁采臣家进进出出，穿堂入室，像是来了很长时间一样，一点都不陌生。天黑以后，宁采臣的母亲有些怕她，要她先回去睡觉，却不给她准备床被。小倩意识到这是想赶她走。于是，她想在走之前向宁采臣告别。

来到宁采臣的书房前门，她想进去，又不敢进，在门外徘徊。宁采臣看到了就叫她，她说："房里有剑气，令人害怕。"宁采臣顿时想起燕赤霞送给他的皮袋。于是，他赶忙把袋子拿下来挂到别的房间去了。小倩这才进了书房，在烛灯边坐下。坐了半天也没说一句话。后来，她问宁采臣："你晚上读书吗？我小时候念过《楞严经》，现在多半已经忘记。请你帮我找一本，今晚空闲时我请大哥指点指点。"宁采臣答应了。两个人又无话可讲，小倩也不说告辞。到了二更以后，小倩还坐在书房里不走，宁采臣催她，她伤心地说："我是外地来的孤魂，特别害怕到荒墓里去。"宁采臣说："这里没有别的床，而且兄妹之间，也应该避嫌。"小倩站起身，一副愁眉苦脸要哭的样子，想迈步却又迈不开步子。她慢吞吞地走出书房，过了台阶就不见了。宁采臣心里很可怜她，想留她睡在别的床上，又担心母亲会责怪。

第二天一早，小倩向宁采臣母亲请安，端水给她洗漱，干起活来样样都称宁采臣母亲的心。傍晚时分，小倩就自动离开书斋。她经过书房时，经常进去借着烛光念经，直到宁采臣要睡觉时才凄然离去。

自从媳妇病倒以后，宁采臣母亲就操劳起所有的家务，已经疲劳不堪。自从小倩来到家以后，宁母就清闲多了。天长日久，宁母和小倩渐渐熟悉，她对小倩也越来越疼爱。到后来，宁母已忘记小倩是个鬼变的，不忍心晚上叫她走，就把她留下来跟自己一起睡。小倩初来时，不吃不喝，半年后才开始吃点稀饭。宁采臣母子都很喜爱她，从来不说她是鬼。

不久，宁采臣的妻子病逝了。宁采臣的母亲就想收小倩做儿媳，但怕她不能生儿育女。小倩说采臣将会有男孩，不会因为有鬼妻就没有后代。于是，宁家大办酒席，邀请亲朋好友。婚礼那天，小倩打扮得花枝招展，令满堂亲友都看呆了。人们不怀疑她是鬼，而怀疑她是仙。

小倩和采臣结为人鬼夫妇后，生活很美满。虽然有一次妖怪来捣乱，但被剑杀死了。从此平安无事，宁采臣还考中了进士，小倩也生下一个男孩。他们的孩子后来都当了官，成为很有名气的人。

祝 翁

济阳祝村有个姓祝的老人,在他五十多岁的时候,生重病死了。于是家里人人都穿着丧服,给他办丧事。忽然听到死去的老人在大声的呼叫。全家人都跑到灵堂前,只见老头子已经活过来了,大家非常高兴,一起上前慰问他。祝老头对他的妻子说:"我刚到那边时,就下定决心再不回来了。可是走了几里路后,心里又想,把你一个人扔在儿女们手里,饥寒温饱都要依赖他们,也不再会有什么乐趣的,还不如跟我一起离开吧。因此,我就又回来了,想要带你一起前去。"

家人都认为他是刚刚醒过来而胡乱说话,根本不相信。可是老人又说了一遍同样的话。他的妻子就说:"像这样也挺好的。只是我现在还活着,怎么一下子可能就死了呢?"老人挥挥手说:"这个不难。家中的日常事务,快点做好安排。"妻子笑着不肯离开,老人又催促她,她才走到门外去,停了一会儿她又进来了,骗他说:"我已经安排好了。"老人叫她快去梳妆打扮,老太婆不愿离开,老头催促的越发紧了。老太婆不忍心违背他的意思,只好到屋里打扮了一番才出来,这时,她的媳妇女儿都在一旁偷偷地笑。老人把头移到枕头上,用手拍着床叫老太婆躺到他身边。他的妻子说:"儿女们都在,我俩躺着睡在一起,这像什么样子呢?"老人用手捶着床说:"我们一起死,他们有什么好笑的!"

儿女们见老人发了脾气,都劝老太婆暂时顺从老人一下，按照他的意思去做。他的妻子就听从儿女们的劝告，和老人一起并排躺着。看到这个情景，家人又都笑了。过了一会儿，只见老太婆脸上的笑容忽然消失了，慢慢的两眼也闭上了，好久都没有声音，就像睡着了一样。大家靠近一看，发现老太婆的肌肤已经冰冷了，早已停止了呼吸。再看老头子也是一样。全家人都感到惊异悲痛。

遵化署狐

诸城的丘公是遵化的道台。遵化衙门中原来有很多狐狸，后来，群狐占据了其中一幢楼，把它作为固定的居所。它们经常出来害人，人们驱赶它们，结果这些狐狸更加的嚣张。衙门中的官员们只得杀猪宰羊，向狐狸祈祷，而不敢让狐狸搬家。

丘公到任就职后，听说了这件事感到很愤怒。狐狸们也很畏惧丘公的刚烈，于是，其中一只老狐狸就变作一个老太婆，告诉丘公的家人说："希望你们禀告丘大人，不要彼此仇恨。给我三天时间，我就带领全家老小离开这里。"丘公听说后，也沉默不言，没有明确表态。

第二天，丘公阅兵后，命令队伍不要解散，让士兵搬来所有大炮，把衙门中被狐占据的楼房包围起来。同时开炮，瞬间，好几丈高的楼房就被摧为平地，那些狐狸的皮肉毛血，像雨一样从天而落。只见厚厚的尘土和毒雾中，有一道白烟直冲向天空，众人仔细一看，发现那是一只没死的狐逃走了。从此以后，衙门中平安无事了。

两年后，丘公派一个能干的仆人带着银两进京，想要谋求升官。但事情没有完成，就暂时将银两藏在一个衙役家里。忽然有一天，一个老头子向朝廷喊冤，诉说他的妻子儿女惨遭别人杀害，并揭发丘公克扣军粮，向京官行贿，现在银两就藏在某某家里，可以验证。官差奉旨押告发人前去查验，倒了衙役家里，细细查找，却什么银两也没发现。这时，那老头只用一脚指点着地，官差们明白了他的意思，一挖，果然发现了许多银子，银子上还刻有"某郡解"的字样。过了一会儿，官差再找老头子，发现他已消失了。官差根据他告状时填写的地址姓名去查找这个人，竟然发现根本就没这个人。因为别人检举，且人赃俱在，丘公因此被抓了。这时他才明白，那个告发他的老头子就是从衙门大楼里逃走的那只老狐。

张　诚

　　河南人张某，他的先祖是山东人。明朝末年，山东大乱。张某的妻子被北方兵抓走了。张某长期客居河南，就在那里安了家。张某在河南娶妻，生了个儿子，名字叫张讷。不久，妻子死了，张某又娶牛氏做继室，生了个儿子张诚。牛氏性情很凶悍，总是嫉恨张讷，把他当奴仆使唤，拿最差的饭菜给他吃，让他每天完成砍一担柴的任务。张讷完不成任务就要被鞭打或责骂，简直难以忍受。牛氏总是把好吃的东西悄悄地给张诚吃，让他到私塾读书。张诚一天天长大了。他为人厚道，不忍心看着哥哥受苦，常常私下里劝母亲不要那样对待哥哥，母亲不听。

　　有一天，张讷照例上山砍柴，但一担柴没砍够，忽然风雨大作，他只好跑到岩石下躲雨。等到雨停时，天色已晚，这时肚子饿得咕咕直叫，他只好背着砍的那点柴回家去了。继母一看他的柴不够，就发怒了，不给他饭吃。张讷饿得揪心，便进房躺在床上。张诚从私塾放学回来，见哥哥神色不好，便问："你是不是病了？"哥哥回答说太饿了。张诚问哥哥是什么缘故，张讷便把没打够柴被继母停食的事说了一遍。张诚听了以后很难过地走了。过了一会儿，他怀揣着炊饼回来了，并拿出炊饼给哥哥吃。哥哥问他炊饼是从哪里来的，他说："我从家里偷了些面粉，请邻居家的妇女烙的。你只管吃，不要说出去。"饥饿的哥哥大口大口地把饼吃了。哥哥吃完饼叮嘱弟弟："你不要再这样做了，要是被发现，会连累你的。何况一天吃一顿饭，不会饿死人的。"弟弟说："你的身体本来就单薄，怎么能每天砍那么多柴呢？"第二天，吃过早饭后，张诚便偷偷地进了山，来到哥哥打柴的地方。哥哥看见他，大吃一惊。问他来干什么，他说帮哥哥砍柴。哥哥又问谁让来的，他说是自己来的。张讷一听，很着急，他对弟弟说："不要说你不会砍柴，就是你会砍，这样也不行。"他催弟弟赶快回去，弟弟不听，并用手和脚折断树枝帮助哥哥，他一边做，一边说："明天我要带把斧子来。"哥哥上前去阻止他，发现他的手指已被划破，鞋子也被扎出了孔。于是难过地说："你要是不马上回去，我就用斧子砍死自己。"张诚这才回家。张讷送他走了一半路程，才返回山上继续打柴。

砍柴回家后，他又跑到私塾对老师说："我弟弟年纪小，请老师严加管教，不要让他出门，因为山中有不少老虎豺狼。"老师说："不知道今天中午前他到什么地方去了，我已责问过他。"张讷回来后对弟弟说："不听我的话，挨老师打了吧？"张诚笑着说："没有的事。"

第二天，张诚带把斧头又上山去打柴。哥哥看见他又来了，生气地说："我已经说过叫你不要来，你怎么又来了？"张诚默不作声，只是一个劲地砍柴，累得满头大汗，他也不休息。砍满一担柴后，他不跟哥哥打招呼就下山了。老师知道后又要责打他，这时，他才向老师讲了实话。老师认为他很懂事，便不再禁止他帮哥哥打柴。哥哥怎么劝他，他都不听。想不到，悲剧终于发生了。

有一天，张诚和几个人上山打柴。突然，来了只老虎。

几个同伴都吓得趴在地上不敢动，老虎跑过来把张诚给叼走了。老虎嘴里叼着个人，走起路来自然要比平常慢，结果，老虎没走多远，就被紧追不舍的张讷追上了。张讷举起斧头用力砍去，一斧砍中了老虎的后腿。老虎受伤以后狂奔而去，张讷拼命追，却怎么也追不上。张讷眼见弟弟被老虎所害，痛哭不已。他对安慰他的人说："我的弟弟与别人的弟弟不同，何况他是为我而死。他死了，我还活着干什么呀！"说着就用斧头砍自己的脖子。大家急忙阻止，但为时已晚，斧子已在脖子上砍进一寸深的口子，鲜血直喷，眼看着就不行了。同伴赶紧抢救，把他的伤口包扎起来，然后扶他回家。他继母知道后，又哭又骂，她叫喊着说："你把我的儿子杀死了，想砍自己的颈子来搪塞吗？"张讷呻吟着说："母亲您不必烦恼。弟弟死了，我一定不会再活下去的。"他躺在床上，疼痛难忍，夜里也睡不着，只是整日整夜靠着墙哭泣。他父亲担心他这样下去会死，便经常到他的床前喂点东西给他吃，牛氏知道后又骂个不休。这样一来，张讷索性滴水不进，没过三天就病死了。

村子里有个巫师，能化到阴间去。张讷在去阴间的路上碰巧遇见了他，并向他讲述在阳世所遭受的苦难。张讷向巫师打听弟弟的消息，巫师说没听说他弟弟到阴间来过。接着，巫师回转身，把张讷带到阴间的一个都会。他们看见一个身穿黑衣衫的人，正从城里走出来。巫师赶紧拦住他询问张诚的情况，那人从挎包里拿出名册一一查看，名册上有上百人的姓名，但其中并没有一个姓张的。巫师怀疑张诚的名字会不会在别的名册上，那人说："这一带都归我管，不会有错的。"但张讷还是不相信，他强拉着巫师进城。城里新鬼、老鬼熙熙攘攘，其中也有熟人，向他们打听，都说没见过张诚。正在这时，忽然一阵骚动，有人嚷叫："菩萨来了！"抬头看空中，只见云气中有个巨人，金光四射，把整个地狱世界都照得亮堂堂的。巫师向张讷祝贺说："大哥真有福气啊，菩萨几十年才到地府一次，替众生解脱一切苦恼，你有幸赶上了。"说着，便拉张讷下跪。地府里的鬼魂都双手合十，一起念诵："大慈大悲，救苦救难的观世音菩萨！"祈颂之声一片喧闹。只见菩萨用杨柳枝条蘸着甘露洒在鬼魂们身上。一会儿雾亮光灭了，菩萨不见了。张讷觉得脖子上沾了几滴甘露，伤口已不再疼痛。巫师又领着他往回走，一直把他送到家门口。死去的张讷过了两天又神奇地复活了。

苏醒以后，张讷把自己在阴曹地府里的经历详细讲了一遍，并说弟弟张诚肯定没有死。继母认为这是他编造的鬼话，照旧责骂他。张讷满腹冤屈，无人可以诉说。他摸摸伤口，发现已经完全愈合。于是，他挣扎着起了床，向父亲告别。他说："我要去找弟弟，就是上天入海，也要把他找回来。如果找不回来，我也就不回家了，您就只当我已经死了。"父亲舍不得他走，但又不敢挽留他。张讷离开家以后，便四处查找弟弟的下落。身上带的一点盘缠花光了，就沿路乞讨。一年后，他来到金陵。这时的张讷衣衫褴褛，形容憔悴。

有一天，他弓着腰缓慢地在路上行走时，偶然看见有十几个人骑着马冲过来，他赶紧跑到路边躲避。骑马的人中，有一个像是当官的,年纪大约四十来岁。有一个骑着马驹的少年,不停地打量站在路边的张讷。张讷以为他是富贵人家的少爷,不敢抬头看他。那少年停住马,盯着他看,然后翻身下马,喊道:"这不是哥哥吗?"张讷这才抬头,一看,原来竟是弟弟张诚。兄弟在异乡相见,又悲又喜。弟弟问:"哥哥怎么沦落到这儿来了?"张讷便把这一年多来发生的事讲给弟弟听,弟弟听了更加伤心。那个当官的知道张讷是张诚的兄长后,便命令腾出一匹马给张讷骑。张讷随弟弟一同来到那个官员的家。

原来,老虎把张诚叼走后,因腿部受伤,便不得不把他丢弃了。被老虎咬伤的张诚在野地里过了一夜。第二天,一位姓张的官员从京城返回家的途中,发现躺在地上的张诚,见他相貌斯文,便把他扶起身。张诚终于慢慢地苏醒了。这时,他才意识到,这里离自己的家相当遥远,一时根本回不去。怜惜他的张官员于是将他带回自己的家,并给他敷药治伤。张官员没有儿子,就认他做儿子。这一天,他们正好到郊外游玩,碰巧相遇了。

巧事还不止这一桩。当张诚兄弟在张官员家的酒席上同张官员话家常时,张官员说他也是山东东昌人,跟这两兄弟是同乡。张讷说起前母被清兵抢走了,父亲为逃兵乱,便到河南做买卖,后来就在那儿成了家。张官员问他父亲叫什么,张讷说父亲叫张炳之。一听到这个名字,张官员像有什么心事,他马上进里屋把老母亲叫出来了。张母得知张讷兄弟是张炳之的儿子,顿时大哭起来。她对张官员说:"他们兄弟俩是你的亲弟弟。"张讷兄弟不明白是怎么回事。

原来，张母嫁给张炳之后，没过几年就遭兵乱。她被清兵带到北方，当时她已有身孕，半年后生下一个男孩，就是现在的张官员。张母因为思家心切，后来脱离了旗籍，恢复原来的籍贯。她多次派人到山东打听消息，但都没有如愿。兄弟邂逅，自然高兴不已。

张母对张官员说："你把弟弟认作儿子，太不像话了。"张官员解释说："我当时问过弟弟，他没说原籍是山东人。"于是，兄弟几个按年龄大小排序：张官员四十一岁，为长兄；张诚十六岁，为老小；张讷二十二岁，为老二。张氏三兄弟沉浸在团聚的喜悦之中。过了几天，他们商量回家团圆的事。张官员把房子卖了，打点好行装，便带着母亲和两个弟弟返回河南。

到了家门口，张讷和张诚跑去告诉父亲。原来，张讷出走后不久，他的继母就去世了，家中只剩下父亲一人。父亲看见张讷回来了，高兴万分，又看见张诚也回来了，更是欢喜至极，老泪纵横。两个儿子告诉他张官员母子的事，他一下子愣住了，不知道喜，也不知道悲，只是呆呆地站在那儿。一会儿，张官员母子进来，张母拉着他的手，两人相对而哭。这时，张官员带的仆人也都进了屋。张诚听说生母去世，号啕痛哭一场。一家聚聚散散，散散又聚。全家人团圆之后，张官员拿出银子，建楼房亭阁，又请老师教两个弟弟。张家从此人欢马叫，成为一个大家族。

口 技

　　有一天，村子里来了一位青年女子，年纪大约二十四五岁。随身携带着一只药箱，在村中卖药治病。村里有人生病请她诊治，这位女子却说自己不能开药方，要等到天黑向神灵请教。到了晚上，她把一间小房子打扫得干干净净，将自己关在里面。村里的人围绕在门窗外面，侧着耳朵倾听，只是窃窃私语，都不敢大声咳嗽。不一会儿，小房子内外都静下来，没有动静了。

　　大概到了半夜时分，人们忽然听见有掀帘子的声音。青年女子在里边问："九姑来了吗?"另一个女子回答说："来了!"又问："腊梅跟九姑一起来的吗?"好像又有一个女仆回答说："没有。"然后，三个人叽叽喳喳，说个没完。

　　一会儿，外面的人又听见有帘钩子动的声响，青年女子说："六姑到了。"她旁边的人说："春梅也抱着小公子来了呀?"一个女子说："犟脾气的公子哥! 哄他他也不睡，非要跟着六姑来。他的身体像有千把斤重，背着他真累死人!"随即就听到青年女子的道谢声，九姑的问候声，六姑的客套话，两个女仆彼此慰劳声，小孩的嬉笑声，猫叫声，一起吵吵嚷嚷。然后听见青年女子笑着说："小公子也太喜欢玩了，这么远还抱着猫来。"

　　过了一会儿，声音慢慢稀疏了，这时帘子又响了起来，房子里又是一片喧哗。有人问："四姑怎么来迟了?"有一个少女细声细语地说："有一千多里路哩，和阿姑两人走了好长时间才到，阿姑又走得太慢。"于是，又是一番问候寒暄声，移动座位声，喊添座位声，高高低低的一起响起来，满屋喧闹，过了好大一会儿才安定下来。

  这时候，外面的人就听见青年女子向神仙们请教治病的药方。九姑认为应该用人参，六姑认为应该用黄芪，四姑说是该用白术，她们商量了一会儿。然后，听见九姑叫拿笔墨来。不一会，纸折得吱吱响，拨笔，笔头套丢到桌上叮叮作响，磨墨之声也很响的样子。接着九姑把笔扔到桌子上，笔跳着直响，又听到抓药包装发出苏苏声。不一会儿，青年女子掀开帘子，叫村里的病人拿药和药方，随即转身回到房里，就听到三姑告别声，三个女仆告别声，小孩咿咿呀呀声，小猫喵喵叫喊声，又一起响起来。九姑的声音清脆响亮，六姑的声音缓慢苍老，四姑的声音娇柔婉转，三个女仆的声音也各有特色，外面的人可以清楚地分辨出来。大家很惊讶，以为真遇见了神仙。然而，病人拿回药方和草药，煎熬饮用完了，也没什么效果。后来大家才明白，那青年女子表演的是口技，其实并没有什么神仙，她只不过是借助口技来推销自己的草药罢了。但是即便如此，也很神奇了。

  过去王心逸曾说，他在京城偶尔路过集市，听见拉弦高歌声，观看的人把路都给堵了。到近处看，只见一个少年缓缓地唱着歌。没看到乐器，他只用一个手指按在脸颊边，一边按一边唱。听起来清脆响亮，跟弹奏乐器没什么两样。他也是善于表演口技者的后代子孙吧。

夜 叉 国

交州有个姓徐的人，漂洋过海做生意。有一次，他的船忽然被狂风卷走了。等他睁开眼睛一看，发现自己到了一座深山老林里。他希望能遇到什么人，可以求救。于是，他用缆绳系好船，背着粮食就登上了岸。

刚进山，他就看见两边悬崖上都是洞口，密密麻麻的就像蜂窝一样。走近一听，洞里隐隐约约传来人的声音。他来到一个洞口外，站着往里偷看，只见里面有两个夜叉。牙齿白森森的像排列着的长戟，眼睛像两只灯笼，正用爪子撕鹿肉生吃。见此情景，徐某吓得魂飞魄散，急忙往山下奔跑。但已经被夜叉发现了，它们放下手中的鹿肉，把他抓进洞里。这两个夜叉在互相说话，徐某听起来就像鸟兽的叫声。说完，这两个夜叉争着撕破他的衣服，好像要把他吃掉。徐某非常害怕，就拿出口袋中的干粮和牛肉脯递给他们吃。两个夜叉吃得津津有味，吃完又来翻他的袋子。徐某摇摇手表示已经没有了。夜叉大怒，又抓住他。徐某哀求道："放开我吧。我的船上有锅灶，可以煮东西吃的。"夜叉听不懂他的话，仍然发怒。徐某又给他们打手势，夜叉好像有点明白了他的意思，就跟着他一起到船上，把炊具拿进洞里。徐某找来柴草点燃了，将夜叉吃剩的鹿肉放进锅里煮，煮熟了就送给夜叉吃。夜叉很高兴。

晚上夜叉用大石头把洞门堵住，好像担心徐某会逃跑。徐某蜷缩着身子在离夜叉很远的地方躺下，生怕被他们

吃掉。

天亮后，夜叉出去了，又把洞门堵上。一会儿，他们带回来一只鹿交给徐某。徐某剥掉鹿皮，在洞的深处取来了水，把鹿肉煮了几锅。不久，又来了几个夜叉，他们一起把鹿肉吃光了。然后用手指指锅，似乎嫌它太小了。过了三四天，一个夜叉背来了一口大锅，好像是人经常用过的。于是，夜叉们弄来了狼和鹿，煮熟后，喊徐某一起吃。

在洞穴里住了几天，夜叉和徐某渐渐熟悉起来，出洞也不再堵洞门了，就像一家人相处聚在一起。徐某渐渐也能通过察言观色猜出他们想要表达的意思了，还能模仿他们的发音，说夜叉语。夜叉更高兴了，有一天居然带来一个母夜叉给徐某做妻子。徐某开始很害怕，但母夜叉对他很照顾，每次都留些肉给他，所以后来相处得很好。

一天，夜叉们起得很早。他们的脖子上都挂了一串明珠，轮流出门，好像在等待贵客来临的样子，还叫徐某多煮些肉。徐某就问母夜叉是怎么回事，她说："今天是天寿节啊。"说完出去对其他夜叉说："徐郎没有明珠。"于是，夜叉们各自摘下五颗明珠交给母夜叉，母夜叉解下自己的十颗，共五十颗，用野麻作绳子，穿起来挂在徐某的脖子上。徐某一看，一颗明珠就值一百两银子啊。

一会儿，夜叉们都出了洞穴，徐某煮完肉，母夜叉进洞对他说："快出去迎接天王。"徐某就跟母夜叉来到一个大洞穴，有几亩那么广阔。洞穴中间有块石头，光滑得像桌子一样，四周围着石凳，上座用豹皮蒙着，其余的都用鹿皮蒙着。二三十位夜叉，依次排列入座。一会儿，突然刮起大风，尘土飞扬。夜叉们慌忙出洞迎接，只见来了一个庞然大物，也跟夜叉长得一样。他进洞后，坐在上座，环顾四周。夜叉们也都跟着进了洞，站成东西两排。他们全都仰着头，把双臂交叉成十字。大夜叉清点了一下夜叉数，问道："卧眉山的全在这儿吗？"夜叉们乱哄地回应着。大夜叉看看徐某，问："这个人是从哪里来的？"母夜叉说这是我的丈夫。大家一致称赞徐某精于烹饪。这时，两三个夜叉跑去拿来熟肉放在桌子上。大夜叉用手抓着吃了个饱，极力称赞这是美味佳肴，并且吩咐以后经常供给他。当他看到徐某的珠串太短时，就从自己的脖子上取下珠串，解下十颗给他。每颗珠子都有手指头那么大，像弹子那样圆。母夜叉急忙接过来，替徐某穿起来戴上。徐某也把手臂举起来，用夜叉语表示感谢。

一晃四年过去了，母夜叉给徐某产下三胞胎，两男一女。这三个孩子都像正常人，不像他们的母亲。夜叉们都很喜欢这些孩子，经常和孩子们戏耍。

又过了三年，徐某的三个孩子都会走路了。徐某就教他们说人话，他们咿咿呀呀的，慢慢学会了一些。这些孩子虽然都还小，但走起山路就像走平地。他们跟徐某的感情很深。

在外面呆了这么多年，徐某很思念家乡。有一天，母夜叉和一个子一个女出去了，半天没有回来。他带着儿子来到海岸边，发现他的那条船还在，他触景生情，就和儿子商量一同返回故乡去。儿子要去告诉母亲，被徐某阻拦了。于是，父子俩乘船走了一天一夜才回到交州。

徐某回到家后，才知道妻子已经改嫁。他拿出两颗珍珠，卖了很多钱，生活很富裕。徐某给儿子取名叫彪。徐彪长到十四五岁时，就能举千斤重的东西，力大无穷，鲁莽好斗。交州军队的统帅知道后，觉得非常神奇，就让他做了千总。当时边关正有战事，徐彪因为出征有功，十八岁就被提拔为副将。

当时，有个商人在海上遇到大风，他的船也被吹到卧眉山。当这个商人登上岸后，发现一个少年。那个少年看见他大吃一惊，知道是中国人，就问他的家乡在哪里，商人告诉他是交州。少年听后，把他拉到一个小石洞中，对他说："我父亲也是交州人。"商人一问才知道这少年是徐某的儿子。就对少年说："你父亲是我的老朋友，现在他的儿子已经做了副将。"少年不懂什么是副将，商人解释说："这是中国的官员。"少年又问："什么是官？"商人只好又解释道："出门时有车马，住的是好房子，在上面喊一声，下面就有上百个人呼应，别人见到他，只敢侧目而看，侧身而立，这样的人就叫官。"听商人这么一说，少年羡慕不已。商人对他说："既然你父亲在交州，你怎么还呆在这里这么久？"少年回答："我也常常有这个念头，但母亲不是中国人，言语相貌相差太大。再说要是被同伴发现，必死无疑。因此，我有些犹豫不决。"少年出洞时，对商人说："等刮北风的时候，我为你送行。麻烦你到我父亲和哥哥那里，带去我的问候。"

商人藏在洞穴里快半年了，一直找不到机会出去。他常常看见山中有夜叉来往，特别害怕，所以不敢动。有一天，北风呼啸，那少年很快来了，他带着商人跑向海边，路上一再叮嘱："我的话你可别忘了。"商人答应了。

商人回到交州以后，立刻去找徐彪，把自己半年的经历告诉了徐家父子。徐彪听了以后非常悲伤，想要去寻找他们。但父亲担心出海会有各种凶险，容易出事故，所以不赞成。徐彪捶胸顿足，痛哭不已。父亲劝阻不了，就报告了交州统帅。统帅让徐彪带两名士兵一起去。

海上真的充满了危险，逆风行驶、迷失方向、海浪滔天。在海上颠簸了半个月还没上岸。忽然，狂风大作，船一下被掀翻了，徐彪和两名士兵一同掉进大海。他随波沉浮，过了好长时间，感觉好像被什么东西拖了上去。定眼一看，旁边站着一个夜叉。徐彪说起了夜叉语。那夜叉一惊，忙问徐彪要去什么地方，徐彪说要去卧眉山。夜叉高兴地说："卧眉山也是我的故乡。你现在偏离航道已经有八千里远了。这是去毒龙国的，不是去卧眉的航道。"于是，夜叉找来船送徐彪去卧眉山。夜叉在水中推船，船如飞箭一样迅速前行，转眼之间已走了千里，一个晚上就到了卧眉山。

徐彪远远地看见一个少年站在水边远望。徐彪知道山中没有人类，怀疑是弟弟。走近一看，果真是弟弟。两人相见，抱头痛哭。徐彪想和弟弟一起去看望母亲和妹妹，但被弟弟阻止了。他飞快地跑去把母亲和妹妹接了过来。母亲见到徐彪也高兴得哭起来。她听儿子说要接她去交州，担心以后被人欺负，但徐彪说："儿子在中国是有地位的人，别人不敢欺负我们的。"于是，他们上船返航。在海上航行三天后，终于到达交州海岸。岸上的人见到母夜叉都吓得逃走了。

　　回到家，母夜叉见到徐某时，发了不少火。她恨徐某当年离开卧眉时不同她商量。徐某连忙谢罪。家里的仆人拜见主母时，都吓得战战兢兢的。徐彪劝母亲学汉语，学汉人穿衣吃饭。结果，母女俩都穿上了男装。

　　几个月后，他们能说一些简单的汉语了，也长白净了。徐彪的弟弟取名徐豹，妹妹取名徐夜儿，他们也是大力士。徐彪后悔自己没有读过书，就请人教弟弟读书。徐豹很聪明，经史子集读一遍就懂了。后来，他考中武进士，当上了武官。夜儿因为种类不同，无人向她求婚。后来，她嫁给了徐彪的手下袁守备。她能拉强弓，百步穿杨，箭无虚发，是丈夫的得力助手。母亲曾经跟随儿子出征，战胜强敌，被封为男爵夫人。

老 饕

泽州有个叫邢德的人,是条绿林好汉。他身怀"连珠箭"箭法,堪称一绝。但是,他一辈子潦倒失意,不仅不会经商谋利,出门做生意时常常碰上倒霉事,结果赚不到钱,还赔了本。南北两京的商人仰仗他的箭术,都愿意跟他一起出门,以防不测。

有一年初冬,有两三个客商主动借给邢德一些本钱,拉他一起做新的买卖。那时候的人相信迷信。在进货之前,邢德便去找会卜卦的一个朋友卜卦。那个朋友对他说,这次买卖即使不亏本,也绝对赚不了多少钱。邢德听了这话,心中闷闷不乐。因为他自己并没有多少本钱,要是这次再亏本,他连借来的钱都还不起。因此,他想退出来,不做这趟生意。但是,那几个借钱给他的客商死活拉上他,并且,很匆忙地出发了。到达都城后,果然像卜卦所说他的买卖做得极不顺心。

腊月中旬,邢德独自一人骑马出了城门。想到没赚着钱过年,他的心情好不郁闷。这时下了大雾,他就走到路边的一家客店,解下行装喝起酒来。这时,在客店餐厅的北窗下,有个白发老人与两个少年正在饮酒,桌边站着一个头发蓬乱的童子。邢德在南边坐了下来,面向老人坐下。童子进酒时不小心打翻了菜肴,弄脏了白发老人的衣服。一个少年非常生气,马上揪住他的耳朵。另一个少年拿出毛巾,给老头擦衣服。只见童子两个拇指上都有拉弓射箭的板指,有半寸厚，重约二两多。他们吃完后，老人叫少年从袋里拿出银子，堆在桌上，称了一块，拿算盘算账。交完酒菜钱后，他们就要离开客店。少年从马槽里牵出一匹跛腿的黑骡子，扶老人骑好，童子跨上一匹瘦马跟在后面，就出门去了。随后，两个少年腰间各自带着弓箭，也打马出去。

邢德见他们有那么多银子，眼睛都要看直了，羡慕得要冒出火来。他也扔下碗筷，急忙尾随他们而去。一看，老人和童子走得并不快，邢德离开大路，抄近路不一会儿就跑到他们前面。他勒住马，忽然拉开弓对准老人，满脸怒气地看着他。只见老人却不紧不慢地弯下身子去脱左脚上的靴子，他微笑着对邢德说："你不认识老饕了吗？"邢德没有回答，拉满弓一箭射去。只见老人仰卧在马鞍上，伸出脚，张开两个脚趾就将射来的箭紧紧夹住了。他带着嘲笑的口吻对邢德说："就你这点本事，哪里用得着你爷爷动手？"邢德大怒，他施展出自己的绝技，一箭连着一箭向老人射去。老人用手抓住一枝箭，好像没有预防他的第二枝连珠箭，呼地从骡背上摔下来，嘴里衔着箭僵卧在地上。跟随他的童子也下了马。邢德大喜，他以为老人已被他射死了。不料，他刚走到老人旁边，老人竟一口吐出箭，跃身而起，拍着手说："初次见面，你为什么这样恶作剧？"邢德吃了一惊，他的马也受到惊吓，一阵乱跑。邢德这才明白老人是个奇人，他连头也不敢回，灰溜溜地逃走了。

邢德拍马走了三四十里，遇到一支官府押送金银财宝的队伍。他拦路抢劫，截走了一千多两银子。他高兴得得意忘形，正想骑马快走时，忽然听见身后有马蹄声。回头一看，原来是童子换骑了老人的那头跛骡追来了，快得像飞一样。童子边追边喊："你不要走，快把抢来的东西分点给我。"邢德说："你认识我'连珠箭'邢某吗？"童子回答："刚才已经领教过了。"邢德见童子其貌不扬，身上又没有弓箭，以为容易对付。他就一连射了三支箭，却都被童子手上两支，嘴里一支给接住了。童子笑着说："这点本事羞死人了。我来得匆忙，没有带弓来，你的这些箭我拿着也没什么用，就把它们还给你吧。"说着，就从手指上脱下铁环，穿在箭上，然后用力一掷，只听得呜呜风响。邢德急忙用弓一挡，不料，弓弦正好碰上铁环，当的一声断了，弓身也随之破裂。这一来，邢德吓晕了，童子掷过来的箭迅即穿耳而过，邢德扑通一声跌下马。童子跟着下马要来搜查，邢德躺在地上用弓击打，童子夺过弓，一折两半，再一折成四段，丢弃在一边。接着，童子用手和脚将邢德压在地上，邢德几乎动弹不得。他那条厚实的腰带，早被童子用手捏得粉碎。制服了邢德，童子取走了大部分银子，跳上跛骡，说声"得罪了"，一摆手就跑得远远的了。

从此以后，邢德再也不有恃无恐了。他变得待人和善起来。因为他懂得了山外有山、天外有天、人外有人的道理。

宫梦弼

保定人柳芳华是当地有名的大户人家,财力雄厚,而且为人慷慨大方,好结交朋友,因此,他的家里常常聚集着上百号客人。他总是乐于助人,急他人之所急,往往一掷千金,从不吝啬。有些人借了钱不还,他也不去索要。但有一个朋友叫宫梦弼,是陕西客人,从未向他乞求过什么。

宫梦弼每次到柳家一住就是一年,柳芳华从不计较。他的儿子叫柳和,那时还梳着两个小牛角辫,他管宫梦弼叫叔叔。每天放学回来,就和宫梦弼一起玩一种游戏。他们把地砖揭起来,然后往地下埋石子,把这些石子当作金子说笑。因此,埋石子也就成了埋金子。一直做这个游戏,他们把五栋房子几乎都埋遍了。不少客人都笑宫梦弼行为幼稚,而柳和却不这么认为,他对宫梦弼比对其他客人要亲热得多。

十几年后,柳家渐渐衰落,再也不能满足众多客人的要求。于是,柳家的宾客也就渐渐稀少,最后只剩下十几个人,柳芳华还是和以前一样对待他们。他晚年时,家境更加衰败,硬是卖田卖地来殷勤招待客人。柳和花钱也很大方,向父亲学习结交朋友。

不久，柳芳华病逝了，柳和却没钱办丧事，宫梦弼便拿出自己的钱为柳家料理后事。柳和更加感激他、信任他，无论大小事情都托付给他管理。宫梦弼每次从外面回来都要带回一些瓦片，把它们放在室内的暗角处。大家都不明白这些瓦片有什么用。

柳和总是向宫梦弼诉苦，说家里太穷。宫梦弼劝导说："你不知道过苦日子的艰难，不要说现在没钱，就是给你一千两白银，你也能马上花光。男子汉不担心自立自强，担心穷干什么？"有一天，宫梦弼告辞要回家去。柳和哭着嘱咐他快点回来，宫梦弼答应了。

宫梦弼走后，柳和不会持家，家里的东西差不多被卖光了。他天天盼着宫梦弼回来为他理家，但宫梦弼却销声匿迹，不知去向。

当初，柳和出生时，柳家和一个大户人家黄家订下亲事。后来，黄家听说柳家变穷了，就后悔了。柳芳华去世时，通知了黄家，但他们却不来吊丧。柳和服丧期满后，母亲叫他去黄家商量婚期，希望黄家能给予同情和照顾。但柳和赶到黄家时，黄家看到他穿着破衣服，拖着破鞋子，竟将他拒之门外，并让家人转告他："回去筹备百两银子再来，不然，从此断绝来往。"柳和一听这话伤心得痛哭起来。黄家对门的一个刘老太婆可怜他，留他吃了饭，还送给他几个钱，叫他赶紧回家。柳和的母亲听说后又恨又气，但毫无办法，就想到以前的很多客人还欠着自己家的钱没还，她叫儿子到其中的一些富贵人家去求助。但柳和说："过去他们和我们柳家交往是因为柳家有钱，如果我现在坐着高车大马去，借一千两银子也不难，但现在我们这个样子，谁还想起过去柳家对他们的恩惠，想起过去的那份情谊呢？况且父亲给人钱财，从来没有立过契约或找个保人，现在连讨债的凭证也没有啊。"在母亲的强求下，柳和只好出门求助，但二十多天都没借到一文钱。后来只有一个演戏的李四想起以前所受的恩惠，听说他们的遭遇后，送来一两银子。面对这一两银子，柳和母子失声痛哭，从此绝望了。

柳和说的那位黄家姑娘已经长大成人了，她听说父亲拒绝柳和求婚，心中十分不满。黄家要把她嫁给别人，她哭着对家人说："柳郎不是生下来就穷的，假如现在他家里比过去还要富，那还会把我许给别人吗？现在由于贫穷而抛弃柳郎，这样做太不仁义了。"父亲听了很不高兴，再三规劝，女儿始终不变心。父母发怒了，早也骂晚也骂，但女儿就是不予理睬。

过了没多久，黄家夜里遭到盗贼抢劫，黄氏夫妇差一点被盗贼杀害，家中的财物被席卷一空。三年后，家中更加衰落。有个西方商人听说黄家姑娘长得很漂亮，愿意拿出五十两银子作聘礼，要娶黄姑娘为妻。她的父母为贪这些钱就答应了，准备强迫女儿嫁给商人。黄姑娘得知这一阴谋后，换了一身破衣服，把脸涂成黑色，乘着夜色逃出了家门。

由于没钱，黄姑娘只好沿途乞讨，整整走了两个月才到保定。不断打听，才找到柳和家。柳和的母亲以为她是乞丐，就赶她走。姑娘哭着说出了事情的经过，柳母听了抓住她的手，哭着的说："我的孩子，你怎么把自己糟蹋成这样。"然后，柳母为姑娘准备热水，梳洗之后，姑娘又变得肌肤白嫩，光彩照人了。柳和母子看了非常高兴。

后来，柳和与黄姑娘结婚了。由于家里穷，他们一天只能吃一顿饭，柳母流着眼泪说："我和柳和本该如此，可怜的是，苦了我的好儿媳。"黄姑娘笑着安慰婆婆："儿媳出门乞讨时，什么苦都吃过了。现在与乞讨比起来，有天壤之别。"柳母听了以后很高兴，一家人过得和和美美。

有一天，黄姑娘到一间空房子里去，见院里杂草丛生，都无处下脚。慢慢走进室内，里面落满了尘埃。在一个暗角里有一大堆东西，用脚一踢，感觉那些东西很硬，拣起来擦去灰尘一看，竟是银子。她大吃一惊，赶忙跑去告诉柳和。柳和过去一看，想起原来是宫梦弼当年在这里作客时从外面拣回来的瓦片，现在它们变成了银子。柳和还记起，小时候宫叔叔常跟他一起玩在屋里埋金子的游戏，难道当年埋的那些石头瓦片如今都成了银子？但他们家的房子大部分已卖给别人了。于是赶紧把房子赎了回来。可进房屋一看，柳和很失望，他家过去的地砖而今大多都已残破，当年埋的石子有不少就露在外面。可是，当柳和揭开地砖后，惊呆了，下面都是闪闪发光的银子！

就这样，一夜之间，柳和成了百万富翁。他们赎回田产，买了奴仆，装修房子，比以前更豪华了。柳和立志发愤刻苦读书，他说："我要是不能自立，对不起宫叔叔！"功夫不负有心人。三年后，柳和终于考中了举人。柳和没有忘记当年帮助过他的刘老太婆。于是，他带上银两，亲自去答谢。柳举人穿戴整齐，光彩夺目，他的十几个奴仆也都骑着高头大马。一行人来到刘老太婆家，让刘老太婆很感动。可她只有一间房子，柳和就坐在床沿上同她说话。外面人喊马叫，满巷子都听得到，对面的黄家也听得清清楚楚。

黄氏夫妇自从女儿出走以后，西方商人逼着他们退还彩礼。可大部分彩礼都让他们花掉了，只好卖房子还债。所以，他们穷得和当年的柳和一样。听说原来的女婿显耀了，只好闭门叹息。

刘老太婆叫人买了酒菜款待柳和，她一个劲地称赞黄家姑娘的贤德，只是不知道她逃到什么地方去了。然后问柳和："你成家了没有？"柳和说："已经成家了。"吃完饭，柳和邀请刘老太婆去他家作客。

柳和同刘老太婆一道乘车回家，黄姑娘衣着华丽，被一群丫鬟簇拥着，好像仙女一样。刘老太婆一见，大吃一惊，然后两人拉起了家常，黄姑娘问起自己父母的生活起居情况。一连住了好几天，刘老太婆受到热情款待，黄姑娘还为她做了一身新衣服，这才送她回家。

刘老太婆回去后赶紧到黄家报信，告诉他们黄姑娘的消息，并说黄姑娘很关心父母的情况。黄氏夫妇又惊喜又惭愧。刘老太婆就劝她们投奔女儿，可他们面有难色，担心遭到冷遇。但是，现在又冷又饿，不得已只好到保定去找女儿。

到了柳和家门口，看到屋子宏伟高峻，金碧辉煌，他们惭愧极了。进去后，见到了女婿。柳和并没有计较以前的羞辱，并送给他们一百两银子。黄氏夫妇看到这一百两银子，羞愧地低下了头。他们不好意思呆太长的时间，一个月后就回家了。

雏 鸽

　　从前，有个人养了一只八哥，经常教它说话，对它很亲热。每次出门游玩都带着它，一晃几年光阴过去了。

　　有一天，这位养八哥的先生将路过绛州，但是他的路费早已用完了，这可怎么办呢？正当他发愁路费没有着落时，八哥对他说："你为什么不把我卖掉？如果你把我送到王府的话，一定可以卖个好价钱，这样，不就不用发愁了吗？"养八哥的先生说："我怎么能忍心把你卖掉呢？"八哥却说："没有关系。主人，您拿到钱以后赶紧离开，城西二十里外有棵大树，你就在大树底下等我。"养八哥的先生想了想，觉得也只能如此了，于是就听从了八哥的意见。他把八哥带进城里表演起了人鸟对话。吸引前来看热闹的人越来越多。这时，灵丘王府的一个宦官经过此处，见此情景，觉得很是稀奇，就回府报告了王爷。王爷于是召见养八哥的先生，说是："我想买你的八哥，不知可否愿意？"养八哥的先生说："我和这八哥相依为命，实在不愿意卖。"王爷便问八哥："八哥，你可愿意住在我这里？"八哥立刻答道："愿意。"王爷一听，十分高兴。八哥又接着说："我和我的主人感情很好，你要给我的主人十两银子，但是不要多给。"王爷更加高兴，连声说好，立刻命人拿出十两银子给他。养八哥的先生装出极不情愿但又无可奈何的样子离开了王府。

　　养八哥的先生走后，王爷就和八哥对起话来，伶俐的八哥不仅应对的速度很快而且十分流畅，王爷连忙叫人拿肉来喂它。八哥吃完肉以后，喊叫说："我要洗澡。"王爷连忙命人用金盆盛来了水，打开鸟笼让它洗澡。八哥洗完澡后，挥动翅膀，飞到屋檐上梳理着羽毛，抖动着翅膀，还和王爷喋喋不休地说个没完。过一会儿，八哥的羽毛干了，它轻盈地飞到空中，边盘旋着边操着山西口音说了："我走了！"转眼之间就看不见了。王爷和他的侍臣都仰面叹息，急忙派人去找养八哥的先生，可是，他早就不知跑到哪里去了。

后来，有一个经常往返秦中的人，看见这个养八哥的人带着鸟在西安的街市上逛街。

罗刹海市

马骏，字龙媒，是个商人的儿子。从小就长得英俊潇洒，风流倜傥，十分喜欢唱歌跳舞，常常和唱戏的艺人同台表演，用锦缎的手帕遮住额头，打扮起来就像个漂亮的女孩子，因此落了个"美人"的绰号。

他十四岁考中了秀才，所以有些小名气。父亲因为年纪大了，就不再出门做生意，一直呆在家中。有一天，他对马骏说："书看多了，饿了不能当饭吃，冷了不能当衣穿。儿呀，你还是继承父业，去经商吧。"于是，马骏听从父亲的话，开始学起经商来。

有一次，他跟人出海经商，不幸船被台风刮走了，漂了几天几夜，才到一座大都市。那里的人都生得十分丑陋，可是一看到马骏，却都把他当作妖怪，吓得大呼小叫地逃走了。马骏起初看见这帮人的丑样子，心中十分害怕。后来却发现这里的人都怕他，就去吓唬他们。遇到有人在吃东西，他就奔跑过去，把人家吓跑了，就把剩下的东西吃个饱。

过了一段时间，他来到了一个山村。这里有些人的相貌倒有些像正常人，不过都穿得破破烂烂的，像乞丐一样。马骏坐在一棵树下休息，村里的人也不敢走近他，只是远远地望着他。时间一长，他们觉得马骏不吃人，这才慢慢地向他靠拢一些。马骏笑着和他们说话，语言虽不通，但也能听懂一大半。于是，他把自己的来历告诉了他们。村里人听了很高兴，把他的事情又告诉给自己的邻居，说来客并不是吃人的妖怪。但那些长得十分丑陋的村民，始终只在远处看着马骏就跑掉了，不敢走上前来。那些敢于走近他的人，五官都长得和中国人相似。他们拿来酒让马骏喝，马骏问他们为什么这样怕自己。有个人说："我们曾经听祖父说过，从这里向西走二万六千里，有个地方叫中国，那里的人大都长得奇形怪状的。但只是听说而已，今天看到你，才相信真有此事。"马骏又问他们为什么这么穷困，他又说："在我国所重视的不是学问，而是相貌，长得最美的，可以当大官，次一等的则可以担任地方官，再差一些的也可得到大人物的宠爱，得到些钱财来养家。而像我们这些长得难看的人一生下来，父母就认为不吉利，往往扔掉不管；那些不忍心扔掉的，也只是为传宗接代罢了。""这个国家叫什么名字呢？"马骏又问。"叫大罗刹国。都城在北边离此三十里的地方。"马骏就请他们领他去四处参观一番。

于是，第二天天一亮，他就起身，村民就领着他一起去都城。天亮时，大家才到都城。只见城墙是用墨黑的石头垒成的。楼房约有一百尺高，都是用红石砌顶。马骏捡起一块碎的红石片往指甲上轻轻一磨，颜色就红得和朱砂差不多。这时碰巧赶上文武百官退朝，村中人便指着从朝中出来的一位戴着高帽子的人说："这是宰相。"马骏仔细地看那位宰相，只见两个耳朵是反长的，鼻子长有三个孔，睫毛又密又长，盖在眼上像窗帘一样。又有几个大官骑着马出来了，村人说："这些都是大夫。"然后又逐个介绍他们的官职，一个个长得怪模怪样。随着官职的越来越低，相貌丑得也不那么厉害了。

不多久，马骏往回走。大街上的行人看见了他，吓得边跑边乱叫着，跌跌撞撞，好像碰见了什么吃人的怪物。村人赶紧替他解释，那些人这才敢远远地站着望着他。

回到村里以后，全国无论是谁，都知道这里来了个怪人。于是官僚、绅士们争抢着要开开眼，便让山村的百姓把马骏送至各家做客。可当马骏每到一家，守门人便慌忙关了大门，这家的男男女女也只敢从门缝中偷偷看几眼和小声议论一番。结果整整一天下来，也没一家敢请他进屋去。

山村的人说："这里有一个国王的侍卫长，曾替先王多次出使外国。他见多识广，可能会不怕你。"

于是他们便送马骏到侍卫长的府上。侍卫长看到马骏果然很高兴，把他当作贵客来接待。再看这位侍卫长的长相，大概有八九十岁的年纪，两只铜铃般的眼睛突出老高，满脸卷起的胡须像个刺猬。他对马骏说："我年轻时曾奉先王之命，多次出使外国，就是没去过中国。今年我已一百二十多岁了，居然能很幸运地看到了您这位大国的人物，这件事情不能不向国王报告。我虽已退职十多年未上过朝了，可是为了您的到来，明早我定要跑一趟。"侍卫长又安排了酒席宴请了马骏。喝了好一会儿酒以后，从内门走出十几名舞女，轮翻上前唱歌跳舞。她们的样子都丑得像夜叉，并且全用白布缠头，长长的红衣服拖在地上，也不知她们扮的是什么角色，唱的什么歌词，只觉唱腔节拍都十分古怪刺耳。可是主人却看得十分有味，并且问马骏道："中国有歌舞吗？"马骏说："当然有呀！"主人便请求马骏唱一段，他就用手拍打着桌子小唱了一曲。主人一听很高兴地说："实在是太美了，真像凤鸣龙啸,这是生平从未听过的。"

第二天,侍卫长起早上朝,把马骏到来的消息告知国王。国王一听非常高兴,要立刻接见马骏,但是马上就有两三个大臣走上前来奏道:"马骏的相貌十分丑陋,恐惊吓了龙体。"国王这才打消了接见马骏的念头。侍卫长于是无奈地下朝回家,便把国王由于害怕不肯召见他的情况说给马骏听,并且一个劲地表示惋惜和不平。

马骏在侍卫长家呆了一段时间。一次,他与主人一起饮酒,喝到半醉,就用煤灰把脸涂成花脸,装扮成张飞的模样舞起剑来。主人顿觉得这模样很美,就说:"请您扮成张飞的样子去见宰相,他一定会重用您的。"马骏摇摇头说:"这只是玩玩而已,怎么能用涂改面孔的行径来图谋荣华富贵呢?"主人仍然苦苦相劝,他只得答应了。于是几天后主人在家大摆宴席,邀请当朝的几位大官来聚会饮酒,并让马骏抹好花脸等着。没过多久,客人们就到了,主人又招呼马骏出来见客。客人们十分惊奇地说:"真太奇怪了!你从前那么丑,如今怎么一下子变得漂亮起来了呢?"于是他们便高高兴兴地一起饮酒。马骏又立起身来边起舞,边唱起"弋阳曲"。满座的宾客都被他的歌舞陶醉了。

第二日,这些大官们便纷纷向国王称赞推荐马骏。国王一听大喜,忙用十分隆重的礼节召见他。问他中国是如何治理国家的。马骏原原本本地向国王做了一些介绍,深受国王的赞许,马上吩咐在行宫摆宴。酒喝到半酣,国王说:"我听闻你通晓音乐,能让朕欣赏一下吗?"于是,马骏便学着罗刹国歌女的模样用白锦缠头,唱起了罗刹国流行的靡靡之

音。国王一听非常快乐，立即封他为"下大夫"。以后又不断召唤他到宫中去一起饮酒唱歌，特别宠信他。

时间一长，文武百官发觉马骏的样子是假扮出来的。于是无论他走到哪，都见人们在交头接耳地评论他，也就冷淡他了。马骏在朝中十分孤立，心中很急，就上书给皇上要求辞职。国王不允许。他又要求请长假休息。国王奏准了他三个月的假期。于是他便乘坐官府的马车，载着很多金银珠宝，又回到原先住过的山村来。

村中的老百姓都跪着前来迎接他，他把金钱分赠给这些患难与共的老朋友们，大家高兴得拜谢天地，都说："我们这些低贱的百姓能受到大夫的赏赐，实在是三生有幸呀，明天我们大家就去海市买些珍贵的物品，来报答您的恩情。"马骏问道："海市在哪里呀？"村人回答说："那是海里的市场。四海的鲛人都到那儿出售他们的珍宝，四方十二国的人也都到那儿做买卖。那里还会有不少神仙出没，一会儿云霞满空，一会儿波浪滔天。大官们都珍惜自己的生命，不敢去冒险，就交钱给我们，让我们替他们购买奇珍异宝。现在距海市的时间不远了。"马骏便问他们如何了解海市的日期。他们回答道："只要看到海上有红色的鸟儿到处飞行，再过七天便是海市了。"马骏又问他们启程的时间，想同他们一起去海市游玩。村里人纷纷劝他不要冒险，他则说："我本就是个漂洋过海的商人，还怕什么风浪？"

不久，果然有人到村民家送钱请他们帮忙买东西。马骏就跟村民们上船了。这条船可以坐几十个人，有着平平的船底，高高的栏杆。十个人一齐摇橹，浪花飞溅，船就像箭一样飞驶。

海上行驶了三天，向前远远地就看到在水天相接处，出现了亭台楼阁，做买卖的船只，像蚂蚁密密麻麻地聚集在码头。不久，船就驶到城墙底下，只见城墙的砖头和人一样大，城楼巍然耸立，差不多与云天接在一起。

他们于是系好船只，进了城。只见市场上到处陈列着发出耀眼光辉的奇珍异宝，很多是人间见不着的东西。忽然，有一个身着华贵衣服的少年，骑着高头大马走来，市场上的人看见他都纷纷退向两边，说是"东洋三太子"来了。太子看见马骏，说："这不是外国人吗？"马上就有太子的侍卫来到马骏面前，询问他的籍贯。马骏站在道路左边，躬身向太子说明自己是中国人。太子听了很高兴地说："既然您能光临此处，说明我们缘分还不浅呀！"于是，太子给他一匹马，请他和自己一同游玩。

他们骑马出了西城，刚到海边，胯下的骏马便长嘶一声跳入海中。马骏吓得大叫一声。只见海水自动由中间分开，好像铜墙铁壁一般屹立在两旁。走了一会，就看到一座海底宫殿，用玳瑁做的殿梁，鱼鳞做的殿瓦，四周的墙壁如水晶般透亮，能清楚照见人的影子，令人眼花缭乱。下马后，太子十分恭敬地请他一同进宫殿。马骏抬头就看见龙王坐在上面。只听太子启奏道："孩儿刚才在海市游逛，碰巧遇到中国的学者，现在儿臣将他带来引见给父王。"马骏这时忙上前拜见。龙王说："先生既是读书人，定会写漂亮的文章，本王想麻烦您写一篇《海市赋》，请先生不要推辞。"马骏叩头答应了。立刻有人捧上水晶砚台、龙须制成的毛笔、雪白的纸笺、散发着兰花香气的墨汁。马骏提笔很快地作出了一篇《海市赋》。

龙王看后敲着桌子称赞道："先生真是个才子呀！您的文章真使敝处蓬莱生辉，让我们水国增添了不少光彩！"随后龙王召集了龙子龙孙，在彩霞宫为马骏举行盛宴。龙王举杯对马骏说："我的爱女还未出嫁，本王想把她许配给您，不知先生您肯否答应？"马骏慌忙离座谢恩。

一会儿工夫，就有几个宫女搀扶着公主走出来，只听环佩丁冬，鼓乐齐鸣。公主就与马骏举行了婚礼。

喜宴散后，宫女挑着彩绘的宫灯，引着马骏进入宫中。公主早已打扮得漂漂亮亮在那里等着他了。宫内装饰得金碧辉煌。珊瑚床上镶嵌着各色的珠宝，围帐上的流苏穗上都缀着斗大的明珠。

第二天一早，马骏赶到正宫拜见龙王。龙王封他为驸马都尉，又向四海传播了他的文章。四海的龙君也派来官员庆贺，争相请马骏去赴宴。马骏穿着绣花袍，驾着青龙车，由骑着龙马、背着雕弓、手持银棍的几十名武士，前呼后拥地护卫着他出游。有人在马上弹筝，有人在车内奏乐，一路不停演奏。这样游玩了三天，马骏访遍了各海的龙宫。自此，他的名字，也传遍了海洋世界。

宫中有一株粗得一个人都抱不过来的玉树。树干晶莹剔彻，如同白色的玻璃，中间有一圈淡黄色的树心，树梢只比人的胳臂稍细一些，叶子如碧玉，有铜钱那么厚。马骏和公主时常在树阴下吟诗作画。树上开满了栀子一样的花，花瓣落在地上，就发出清脆的响声。拾起来一看，花瓣好像是用红玛瑙雕刻而成的,光亮可爱。有时树上也会飞来一种奇异的鸟儿,羽毛是金碧色的,尾巴比身子还长,叫起来声音就像美妙的乐声一样。

马骏每次听到鸟鸣,就会想起故乡,他对公主说:"我离家已经三年了,都没有机会侍奉父母。想到这些我心里就非常难受,你能和我一同回家看看吗?"公主说:"仙境和尘世两者不能相通,我怎能和你一起同去人间呢?但我也不忍心只顾夫妻之情,而夺去你对父母的一片孝心。让我慢慢想个办法吧!"马骏听了,忍不住哭泣起来。公主也叹息道:"看来凡事都不能两全其美的。"

第二天,马骏从宫外回来,龙王跟他说:"听说驸马思念故乡了,明天清晨你就回去吧。"马骏感动地说:"我是一个流浪的单身汉,您给予我的恩惠,我一定要报答。让我先回家看看,然后再相聚。"

晚上,公主备了酒席为马骏送行。马骏打算定个重聚的日期,公主却说:"我们的缘分已尽了。"马骏听了十分难受。公主又说:"回家后你专心侍奉父母,尽尽孝道。人生在世,不管是团聚还是别离,也不过百年,就如从早晨到晚上一样短暂,你何必因此伤心呢?分别以后,只要我们永不变心,也就算是好夫妻了,何必朝夕守在一块儿,才叫白头偕老呢?只是我已经有了身孕,请你提前给孩子起个名字吧。"马骏想了想说:"如果生个女孩子就叫龙宫,要是男孩呢,就叫福海吧。"公主请他留下一件信物。马骏便将在罗刹国得到的一对红玉莲花赠给公主。公主说:"三年后的四月初八,你要乘船等候在南岛,那时我把孩子交给你。"说完她拿出一个鱼皮口袋,里面装满了珠宝,交给马骏说:"好好把它珍藏起来,你一生都享用不尽的。"

天刚蒙蒙亮,龙王就摆下丰盛的酒宴为马骏送行,又送给他许多宝物。马骏告辞出宫,公主乘白羊车,把他送到海边。对他说了几句"珍重",就驾车回去了。马骏见公主渐行渐远,慢慢消失在波涛之中。

自从马骏出海之后,家中的人都认为他已经死了。他的突然回归,使家人很惊讶。好在父母都健在。父亲想给儿子娶媳妇,被马骏坚决地拒绝了。他牢牢地记着三年后的日期。

约定的时间到了。他乘船去了南岛,果真看见两个孩子坐在水面上拍打着波浪,嬉闹玩耍着,不动也不沉。把小船划近孩子,一个孩子"咿呀咿呀"地叫着拉着他的胳臂,跳到他的怀中。另一个放声大哭起来,似乎怪他不来拉自己一把。马骏赶忙把这孩子也抱过来,仔细一看,一个是男孩,一个是女孩,是双胞胎,都长得粉妆玉琢一般俊秀可爱。他们每人头上戴一顶花帽子,红玉莲花就缀在上面。

公主还带来一封情真意切的信,马骏看后热泪盈眶。看着无边无际的茫茫海水,思念无法见面的贤惠妻子,只好带着一双可爱的儿女,无限惆怅地回家了。

三年前分手时,龙女送给他的珠宝,价值连城,马骏和他的孩子们几辈子也花不完,但是,马骏心中的惆怅却越来越深,他怀念龙宫,思念龙女,更忘不了罗刹国的人。

促　织

明朝宣德年间，皇宫中盛行斗蟋蟀的游戏。因此，朝廷每年都要向民间征收蟋蟀。这个东西本来不是出自于陕西，只是有个华阴县令想要讨好上司，就进献了一头。上司试着斗了一斗，感觉还不错，因而就责令华阴县令常常进贡。县令又责令乡官去办。于是，街上一些游手好闲的人，得到一头好的，就用笼子养起来，作为奇货准备高价卖出。公差狡猾奸诈，借这件差事按人口摊派费用。往往为上交一头蟋蟀，竟使几户人家倾家荡产。

华阴县里有个叫成名的，还是个童生，读书准备考秀才，可一直没有考中。成名为人迂腐迟钝，于是被奸猾的差役上报后委派为乡官，成名千方百计想推托却怎么也推辞不了。干了不到一年，家里一点微薄的家产几乎赔光了。这次又碰上征收蟋蟀，成名不敢按户摊派，而自己又没钱赔偿，忧愁烦闷得要去寻死。他妻子说："死有什么用？不如自己去找，万一抓到一只呢？"成名认为这话很有道理。

于是早出晚归，提着竹筒、铜丝笼子，在断墙荒草之中扒石头，找洞穴，什么法子都用尽了，还是没有收获。后来，虽说捉到过两三头，但又差又弱，不合要求。县官按照规定的日期催逼上交。十五天中，成名挨了差不多上百板子，两条腿被打得鲜血淋漓，连蟋蟀也不能去捉了。成名在床上翻来覆去，只想一死了之。

这时村里来了个驼背巫婆，说能借神的指示预卜吉凶。成名的妻子带了些钱去问卜，只见老老少少挤满了巫婆的门。进了屋里，里面的密室垂挂着帘子，帘外摆着香几。问卜的人在鼎里烧上香，再拜。巫婆在旁边向空中代为祷告，嘴唇一张一合，不知念些什么，人人都严肃地站着听。一会儿，帘内抛出一张纸，纸上就写着问卜人心中的事，一点儿也不错。成名的妻子把钱放在桌上，像前面的人一样焚香、下拜。约摸过了一顿饭的光景，帘子一动，一张纸片丢了出来。拾起来一看，不是字，是张画。纸上画的是一座殿阁，像是寺庙，殿后小山下有一堆怪石头，荆棘丛生，趴着一头叫"青麻头"的上等蟋蟀，旁边有一只癞蛤蟆，像要跳舞的样子。她捉摸了半天也不明白，但是一看到画上有蟋蟀，正与心事相吻合，就折起来收好，回家后连忙交给成名看。

成名看后，反反复复地自言自语道："这不会是暗示我捉蟋蟀的地方吧？"细看纸上画的景物，与村东大佛阁特别相似。于是强行拄着手杖，拿着画，走到寺庙后面。那里有座高高的古墓，顺着古墓再走，只见怪石嶙峋，很像画上的样子。于是在荒草之中慢慢走，侧着耳朵听，像找一根针、一粒芥菜种一样小心。心、眼、耳、力都高度集中，还是连蟋蟀的影子也没看到。成名没有灰心，还是继续搜寻。突然一只癞蛤蟆跳了出来，成名更加惊奇了，急忙追赶，蛤蟆就跳进草丛里去了。于是，成名就蹑手蹑脚地扒开草丛仔细寻找，见有个蟋蟀伏在荆棘根下，他立即就扑了上去，蟋蟀又进到石洞里去了。成名用尖细的小草探进洞里去挑，蟋蟀也不出来。拿水筒往洞里灌水，蟋蟀才爬了出来。这只蟋蟀的外形很健壮，于是被成名抓住了。仔细一看，大身子，长尾巴，青色的颈项，金色的翅膀。成名高兴坏了，忙用笼子装起来带回家。全家人庆贺了一番，不亚于得到一块价值连城的璧玉。成名把它养在泥盆里，用白螃蟹肉、黄栗子粉喂养，特别细心周到。准备一到期限，交上去了却官差。

　　成名有个儿子，九岁了，趁父亲不在时，偷偷打开盆子。蟋蟀一下子跳了出来，太快了没抓住。等抓到手时，蟋蟀腿已经断了，腹部也裂开了，不一会儿就死了。孩子十分害怕，哭着告诉了母亲。母亲听说后，脸色吓得像死灰一样，大骂道："你这个害人精，你的死期快到了！等你爸爸回来，自然会跟你算账的！"孩子哭着走了。不多会儿，成名回来了，听妻子说了以后，像被泼了一身冰水，怒气冲冲地找儿子算账，孩子却不知跑到哪里去了。出去找，终于在井里找到了孩子的尸体。夫妻二人由愤怒变成了悲痛，哭得呼天抢地，痛不欲生。他们呆呆地看着墙角，不吃不喝，默默相对，什么指望都没有了。

　　天快黑的时候，成名夫妻二人想用草席卷起孩子的尸体去埋葬，走近一摸，好像还有微弱的气息，于是高兴地把孩子放到床上。半夜，孩子苏醒过来了，夫妻二人心里稍稍得到点安慰。但看着空空的蟋蟀笼子，只好忍气吞声，也不敢再追究孩子的过错。他们从夜晚直到天亮，一直没合过眼。

太阳出来后，成名还仰卧在床上，十分忧愁。忽然听见门外有蟋蟀在鸣叫，他吃惊地跳起来，跑出去一看，见那头蟋蟀还活着。于是高兴地去抓，蟋蟀叫了一声跳走了，跳得很快。用手掌去盖，手掌里好像什么也没有，手刚刚拿起，蟋蟀又突然跳走了。成名急忙追去，转过墙角，它消失了。成名走来走去，四面张望，见蟋蟀正趴在墙上。仔细一看，它长得像土狗，一对梅花形翅膀，方头长腿，看样子还不错。于是，他高兴地把这只蟋蟀收进笼子里。

准备要献给县衙时，又害怕上司不满意，想试着斗斗，看看怎么样。正好村里有个喜欢多事的少年，养了一只蟋蟀，取名叫"蟹壳青"，每天跟别人斗，没有不胜的。这少年想养着赚大钱，但价格太高，一直没有人来买。一次，他到成名家玩，看到成名养的蟋蟀，捂着嘴笑了起来。于是把他的蟋蟀拿出来，放进笼子里。成名一看，少年的蟋蟀是个庞然大物，又长又壮，自己感到惭愧，不敢和它斗。少年坚决要斗，成名转念一想：反正养的是一只差的，到底没用，不如斗一斗，乐一乐。于是一起放进斗盆里。小蟋蟀趴着一动不动，呆若木鸡。少年见状大笑。成名试着用猪鬃去撩拨蟋蟀的触须，还是不动，少年又笑。撩拨几次，小蟋蟀大怒，向"蟹壳青"冲去，就相互跳跃着打斗起来，发出嗜嘟嘟的声音。过了一会儿，只见小蟋蟀跳了起来，张开尾巴，伸长触须，直咬敌方的颈子。少年大吃一惊，急忙把它们分开了。小蟋蟀仰头鸣叫，似乎在向主人报告胜利的消息。成名大喜。突然，一只鸡跑了过来，伸嘴就去啄小蟋蟀。成名惊得大叫，幸好没有啄着，蟋蟀跳开一尺多远。鸡又向前一冲，追着它啄。宛然，蟋蟀已在鸡爪之下了。成名仓促之间，不知怎么救助，急得直跺脚，脸色也变了。一会儿见鸡伸着脖子，摆着翅膀。走近一看，蟋蟀停在鸡冠上，用力咬着不放。成名更加惊喜，捉住蟋蟀放进笼子里。

　　第二天，成名把这只蟋蟀献到县官那里。县官见它个头短小，愤怒地斥责成名。成名辩解说这是一只奇异的蟋蟀，县官不信，于是，拿它同别的蟋蟀斗，结果都被它击败，又用鸡试，果然像成名说的那样。于是奖赏了成名，把蟋蟀献给了巡抚。巡抚非常高兴，用金丝笼子装着献给皇上，并写了一篇奏折，详细地述说了它的本领。小蟋蟀进皇宫后，皇宫里的人便把天下所进贡的"蝴蝶"、"螳螂"、"油利挞"、"青丝额"等等一些有特殊本领的蟋蟀，都拿出来与它斗，没有一个胜过它。它每听到琴瑟的声音，就随着节拍跳舞，皇上更加惊奇。龙颜大悦，皇上下诏赐给巡抚名马和绸缎。这个巡抚倒还没忘记是谁献上的，就发嘉奖令。不久，华阴县令以治理地方"特别卓越"而闻名。县官一高兴，免去了成名的徭役，又嘱咐学使，让成名入了县学，成了秀才。

　　过了一年多，成名的儿子也复原了，他自言自语："我变为敏捷善斗的蟋蟀，现在才苏醒。"巡抚也重赏了成名。没过几年，成名拥有百顷田地，大片楼房，牛羊更是数以千计。出门时，他穿皮衣，骑好马，比官宦人家还要神气。

续黄粱

福建有个曾孝廉，他参加会试考中进士后，与两三个考中的新贵人到郊外游玩。偶然听说毗卢禅院寄住着一个算命先生，于是一同骑马去算命。算命先生见他意气风发的样子，就稍微奉承了几句。曾进士听了，摇着扇子得意地微笑着问道："先生，你看我有穿蟒袍、系玉带的福分没有？"算命先生说他会当二十年太平宰相。曾进士听了很高兴，更加得意起来。

这时天下起雨来，于是曾进士就和同伴到和尚屋里避雨。房里有位老和尚，凹眼睛，高鼻子，坐在蒲团上，也不搭理他们。他们举手行礼后就上了炕，自顾说笑，大家都祝贺曾进士将来当宰相。曾进士更加趾高气扬，指着同来的说："我当宰相时，推荐张年兄当南面巡抚，家里表兄当参将，我家老仆人也捞个小小的千总当当，我就心满意足了。"大家听了哈哈大笑。

不一会儿，听到门外的雨越下越大，曾进士很疲倦，就趴在炕上打起了盹。他迷迷糊糊地忽然看见两个宫中使者捧着皇帝的诏书，听到他们叫"曾太师"去商量国事。曾进士得意洋洋地急忙赶去上朝。皇上把座位往前挪了挪，和颜悦色地和他说了半天话，并命令三品以下官员，都得听从他升降官职。皇上还当场赏赐蟒袍、玉带和名马。曾进士穿上蟒袍玉带，叩头拜过以后就走出殿来。

回到家里，他发现已经不见原来的旧房子，而是画梁雕栋，极为壮丽的新房子。他自己也不明白怎么突然到了这个地方。他捻着胡须轻轻喊了一声，仆人们便赶忙高声答应。不一会儿公卿们送来海货，对他弯着腰，恭恭敬敬行礼的人进进出出，络绎不绝。六卿来，他赶紧迎接。侍郎一辈，作个揖，说说话。比这级别低的，点点头罢了。山西巡抚送来十名歌女，个个美丽动人，最美的是袅袅和仙仙，二人特别受他宠爱。每逢假日，就整天沉醉于歌舞之中。

一天，曾进士想到自己贫困的时候曾经得到县里乡绅王子良的帮助。心想，现在我已经青云直上，他还在仕途上艰难跋涉，为什么不伸手帮他一把呢？第二天早朝时他就向皇帝呈上了奏折推荐王子良为谏议大夫。他的奏折马上得到批准，皇上立即提拔了王子良。曾进士又想到郭太仆曾经得罪过自己，就叫人写好弹劾他的奏折，第二天就呈上去，皇帝果然撤了郭太仆的职。恩怨已了，心里好不痛快。

有一次，他去郊游时，一个醉汉鲁莽地冲撞了他的仪仗队，他马上派人将醉汉捆起送到了京尹衙门里问罪，那个醉汉立即被棍子打死。这样，那些房屋田地与曾家相连的人家，都怕他的权势，只好把良田房产献给他，从此曾进士的财产富可敌国。

不久，袅袅、仙仙相继死去，他朝思暮想，忽然想起东边邻居家非常美丽的女儿。以前常想买来作妾，总是因为缺钱而不能如愿，现在可以实现自己的愿望了。于是派些干练的仆人，强行把银子送到她家，不一会儿就用轿子把她抬来了。一看，她比起以前显得更加娇艳美丽了。曾进士非常高兴。他回顾平生，感到所有的愿望都满足了。

过了一年，朝中大臣窃窃私语，好像有心存不满的人。但那些人都是各自为己的人，不敢明说。曾进士看在眼里，依然趾高气扬，没把它当回事。有个龙图大学士包某向皇上呈了一份奏折，大意是说："我认为曾某原来不过是一个饮酒赌博的无赖、市井小人。一句话迎合皇上，便蒙皇上宠爱，一人得道，鸡犬升天，恩宠到了极点。他却不为国事操劳以报皇恩，反而大胆放肆，胡作非为，滥用职权，作威作福，死罪多得像头发一样数也数不清。比如说，朝廷官爵，他视为牟利的奇货，按照官职的肥瘦，定出不同的价格，因而公卿将士，都奔走在他的门下。他看人打发，拉扯关系，简直像个商贩。对他阿谀奉承、溜须拍马的人，更是不计其数。倘若有刚正不阿的大臣不肯阿谀服从，轻则降为闲散之职，重则削职为民。甚至有一点点地方没偏袒他，就会得罪他这个颠倒黑白的奸臣。如果一句话触犯了他，就会被贬官到荒远的地方。朝廷官员感到寒心，皇上也因此孤立。加上他任意侵占百姓的良田和良家女子，冤气邪气充塞四方，暗无天日。对他的奴仆、郡守、县令也要奉承。他写封书信，司法、监察也得徇情枉法。他的养子、亲戚，出门坐官府车马，如风行雷动一样威风，地方上接待稍慢，马上就受到鞭打。他荼毒人民，奴役官府。护卫人员所到之处，大肆骚扰，连野外青草也踩得一干二净。曾某如今正威势显赫，仗着皇上宠爱，毫无悔过之心。他日夜作乐，根本不考虑国计民生。世上难道有这样的宰相吗？如今内外惊诧，人心浮动，如果不赶紧除掉，一定会酿成曹操、王莽那样的灾祸。因此，我日夜忧惧，不敢安居，冒着死罪，列出他的罪恶，希望皇上有所了解。我请求斩奸臣之头，没收他贪赃枉法得来的家产。这样做，上可消除天怒，下可使民心大快。如果我的话有假有错，上刀山下油锅也心甘情愿。"等等。奏折送了上去，曾太师听到后，吓得魂飞魄散。幸好皇上宽容，扣在宫中没有批复。

接着，科、道、九卿各级官员也纷纷上奏弹劾，就连过去拜在他门下、称他为义父的人，也翻了脸。结果"曾太师"被奉旨抄家，充军云南。他儿子担任平阳太守，朝廷也已派官员前去捉拿审问。"曾太师"听到圣旨，惊恐不已。这时，几十名武士带着宝剑握着长矛，冲进内室，剥去他的衣帽，将他和他的妻子一起捆了起来。一会儿又见好多人在搬他的财物。只见金银钱钞几百万，珠翠玛瑙等几百箱，帘幕帐帷被褥等几千件，至于小孩衣物、女人鞋袜，掉落了一院。过了一会儿，又看见一个人把他的美妾拖出来，"曾太师"悲愤异常，但敢怒不敢言。又过了一会儿，楼阁仓库，都被贴上封条。武士吆喝着把"曾太师"赶了出来。押解的人牵着绳子把他们拉出门去，曾氏夫妻忍气吞声，走上充军的道路。

走了十几里路后，他妻子脚小，几乎跌倒，幸亏"曾太师"用一只手拉住了她。又走了十多里，他也很累了。忽见一座高山，直插云霄，曾担心自己无力翻山，挽着妻子相对哭泣。押送的人凶狠地盯着他们，不许停留。眼看太阳就要下山，无处可以投宿，不得已，只好一跛一跛地向前走。等走到山腰，他的妻子已筋疲力尽，在路旁坐着哭泣，"曾太师"也坐下歇息，任那押送的人呵斥责骂。忽然听到很多人喊叫，原来是一伙强盗手拿利刀冲了过来，押送的人大惊，逃跑了。"曾太师"跪下告诉他们："我被贬到远方，口袋里一点值钱的东西也没有。"那群强盗瞪着眼睛对他说："我们都是被害的冤民，只求得到你这个奸贼的头颅，其他的什么也不要。""曾太师"气愤地回答他们说："我虽是个有罪之人，但还是朝廷任命的官员，你们这些强盗怎么敢这样胡来！"强盗不由分说，便用大斧向"曾太师"的颈子砍去，刀起头落，"曾太师"本人都听到头落地的声音了。"曾太师"的魂魄正在惊疑之际，立即有两个鬼过来将他两手反捆了起来，赶着他往前走。

　　过了一会，来到一个城市。一会儿，便看到一座宫殿，一个长得很丑的大王坐在殿上，靠着桌子判决人的罪和福。"曾太师"上前跪下听命。大王打开他的案卷，才看了几行就大怒，说道："这是欺君误国之罪，应当放在油锅里炸。"这时，万鬼齐呼，响声如雷。随即有个大鬼把他拖到台阶下。只见锅有七尺多高，四周围着烧红的木炭，锅脚已经烧得通红。"曾太师"颤抖着哀号，欲逃无路。鬼用左手抓住他头发，右手握住他脚踝，一把将他抛进锅里。"曾太师"只觉得孤单一人，随着油波上下翻滚，皮肉都炸焦了，痛得钻心，滚烫的油涌进嘴里，连五脏六腑也在煎炸。"曾太师"只想快点死，但想尽法子也死不了。大约过了一顿饭的时间，鬼才用一个大叉子把他叉了出来，扔到大堂下。大王又翻看案卷，生气地说："你仗势欺人，应受上刀山的惩罚。"大鬼又把他抓过去了。只见一座山，悬崖峭壁，到处是锋利的刀，像密密的竹笋一样。前面已有几个人在刀山上刺破肚子，切断了肠子，呼号之声，十分悲惨。鬼催他上刀山，他大哭着向后退缩。鬼又用毒锥刺他的后脑，他忍痛哀求。鬼一怒把曾抓起，向空中用力一抛，他只觉身在云霄之上，晕晕乎乎往下一落，刀刃交错着刺进胸膛，痛苦之状，无法用语言表达。又过了半天，身子往下坠，刀孔越来越深，忽然脱落下来，四肢像肉虫一样卷成一团。鬼又把他抓去见大王。大王叫人计算他一生卖官鬻爵、贪赃枉法、霸人财产得了多少银子。立即有人拿着筹码计算，说："三百二十一万。"大王说："他既然聚积这么多，还是叫他都吃下去吧。"不一会儿，把金银像山一样堆在台阶上，然后一点点放进铁锅里，用烈火熔化。又叫几个鬼来，轮流用勺子往他口里灌。熔液流到脸上，皮肤立刻爆裂，臭气熏天。灌进喉头，五脏六腑立刻沸腾。"曾太师"生前怕的是这些东西少了，这时怕的是这些东西多了。灌了半天才结束。接着，大王又命令把他押到甘州投胎做女人。

走了几步，见架上直立着一根铁梁，有几尺粗，上面挂着火轮，周长不知有几千里，火焰五彩缤纷，照亮天空。鬼用鞭子抽打，催他上去，他刚闭着眼睛跳上去，轮子就随着脚转起来，好像一会儿就会掉下来，吓得他全身冰凉。睁开眼睛一看，自己已成女婴。看看她的父母，穿得破破烂烂，土房子里面，还放着瓢和木棍。她心里知道自己已成了乞丐的孩子。后来她随乞丐穿着破衣，顶着寒风，托着碗讨饭，肚子饿得咕咕叫。不久，她被卖给顾秀才作妾。秀才大老婆十分凶悍，每天用鞭子棍子打她，动不动就用烧红的铁烙她。幸而丈夫还比较同情她，稍稍能得到点安慰。有一天晚上，她正在房里睡觉，忽听一声响，房门大开，有两个贼拿着刀进来了，他们凶狠地砍下秀才的脑袋，把衣物抢劫一空。她躲在被下缩成一团，不敢作声。不久贼人走了，她才敢跑着去喊顾秀才的大老婆。大老婆大惊失色，和她一起来验看尸体。大老婆怀疑是她勾引人来杀死丈夫，于是写了状纸，告到刺史那里。刺史严刑审问，终用酷刑使她招了假供，按法律以凌迟处死，并把她押赴刑场。她心中悲愤，跳起来喊冤，觉得阴司九殿十八层地狱也没有这样黑暗。

正在号叫时，听到同游的人喊道："你做噩梦吗？"曾进士睁眼一看，见那老和尚还在蒲团上打坐。同伴争着对他说："天色已晚，肚子也饿了，你为什么睡得这么香？"他这才面容惨淡地坐了起来。

那老和尚微笑着说道："宰相的占卜应验了吗？"曾进士更加惊奇，忙下拜请教。和尚说："修德行善，陷入火坑之中也有解脱之日，我这山中和尚能知道什么呢？"

曾进士兴高采烈而来，灰心丧气而归，再也没有做官的念头了。后来进入山林隐居起来，谁也不知道他的下落。

辛十四娘

广平的冯生,是明朝正德年间人,年少时轻狂洒脱,还酗酒。有一天凌晨偶然出行,遇见一个少女,穿着红色衣服,相貌姣好。她带着一个小丫鬟,踩着露水赶路,鞋子和袜子都被露水沾湿了。冯生看了心里很喜欢她。

到了傍晚,冯生喝醉了正回家。道旁原来有一座寺庙,是荒废了很久的,只见有个女子从里面出来,她就是早上遇到的那个美人。她看见冯生走过来,立即转身进庙。冯生心里纳闷:美人怎么会在禅院里?他把驴系在寺庙门口,进去打探这件奇怪的事情。一看,到处是断墙残垣,路上的草长得像毯子一样茂盛。他正走来走去的时候,只见一位头发斑白、衣帽整洁的老头出来了,他问:"客人来这里做什么?"冯生说:"偶然经过古刹,想瞻仰瞻仰。"又乘机问道:"老先生来这里作什么?"老翁说:"老夫居无定所,暂时借这里安顿家小。既然承蒙光临,我就用粗茶代酒接待您吧。"于是请客人入内。

进去后,冯生看到大殿后有一院子,石头作的路上很干净,不再有杂草。进了房间,就看见窗帘床帐等一系列家具,香气袭人。双方坐下来介绍自己的名字,老头说:"鄙人姓辛。"冯生乘醉粗率地问道:"听说你有个女儿还没有出嫁,我虽然没有才能,但愿意做您的女婿。"辛老头笑着说:"请让我和妻子商量一下。"冯生就索要笔提诗,写道:"千金觅玉杵,殷勤手自将。云英如有意,亲为捣玄霜。"主人笑着把诗给了仆人放好。不久,有婢女和老头耳语。之后老头起身请冯生稍等片刻,然后掀开帘幕就进去了,隐隐约约听到他说了几句话就快步走了出来。冯生想肯定会有好消息,但老头只是坐着和他聊天,不再有别的话。冯生忍不住问道:"我不知道您对于婚事的意见,请您解开我的疑团。"老头说:"您是显赫的名士,我仰慕您已经很久了。只是我有苦衷不敢明说。"冯生再三请求,老头说:"我有十九个女儿,已嫁出的有十二人。婚事是我妻子拿主意,我管不了。"冯生说:"我只要今天早上带着丫鬟出去的那位。"老头听了不回答,大家都默不作声。只听到房内有女子嘤嘤的说话声,冯生乘醉掀帘子说:"既然不能成为夫妻,那至少应该看看本人,来消除我心中的遗憾吧。"里面人听到帘钩动的声音,一齐起立,吃惊地看着他。其中果然有那位红衣少女,她穿着宽衣大袖,梳的发鬟歪在一边,站在那里握住衣带。看见生人进来,满屋子的人都惊慌。辛翁大怒,叫几个人拉冯生出去。冯生酒力越加发作了,就倒在杂草中,忽然瓦片石块落了下来,就像下雨一样,幸好没打中。

冯生躺着过了些时候,看见驴子还在路边吃草。于是他爬起来骑上驴子,踉跄着赶路。夜深了,他误入涧谷,那里到处都有狼在跑,猫头鹰在怪叫,令人毛骨悚然。他犹豫着到处看看，并不知道在什么地方。远远看见茂密的林子里有灯火闪烁，心想那必定是村落，就骑驴赶到那里。来到一扇高大的门前，他用鞭子敲门。只听里面有人问："是什么人半夜到这里来？"冯生把迷路的事情告诉他。里面说："等一下，我去报告主人。"冯生踮起脚像天鹅一样等待着。忽然听见抽门闩开门的声音，一个健壮的仆人走了出来，替冯生牵着驴子。

　　冯生进去后，看见房间装点得很华丽，堂上有人张罗着点灯。坐了一会，有位妇人出来，询问冯生的姓名，冯生告诉了她。过了不久，几个丫鬟掺着一老太太出来了，说："老太君到了。"冯生站起来行礼，老太太让他坐下后，说："你不是冯云子的孙子吗？"冯生回答："是的。"老太太说："那你应该是我外甥的儿子。我年纪大了，时间也不多了，也就疏远了一些亲戚。"冯生说："我年幼时就失去父亲，和我祖父要好的，十个也认识不了一个。我从来没有拜访过您，请您告诉我是谁。"老太太说："你自己会知道的。"冯生不敢再问，坐在那儿苦思冥想她的身份。

　　老太太又问："孩子，你为什么深夜到这里？"冯生一向喜欢夸耀自己的胆量，于是把自己所遭遇的全部说了出来。老太太笑道："这是大好事啊。况且孩子你是名士，和你结亲丝毫不会对名声有玷污，这个老家伙凭什么自作清高？孩子不要担心，我能帮你达成这门亲事。"冯生赶紧表示感谢。老太太看着侍女说："我还不知道辛家的姑娘有多么漂亮。"丫鬟说："他有十九个女儿，个个都很标致，不知道公子看中的是哪一位？"冯生说："年纪大约有十五岁。"丫鬟说：

"这是十四娘。三月的时候,她曾和母亲一起给老太君祝贺,您怎么忘了呢?"老太太笑道:"是那穿着莲瓣花做的鞋,又在鞋里放香料,鞋上还蒙着细纱来走路的那个人吗?"丫鬟说:"是啊。"老太太说:"这个丫头很会别出心裁,精灵鬼怪的。但的确漂亮,孩子你的眼光不错啊。"又对丫鬟说:"你可以派人把她叫来。"丫鬟答应后离开。

过了些时候,丫鬟进来禀告:"把辛家十四娘叫来了。"这时进来一位红衣女子,对着老太太俯身下拜。老太太说:"你以后就是我家的外孙媳妇了,不用再行丫头的礼节。"女子听了站起来,低着头。老太太为她整理一下头发,抚弄着她的耳环,说:"十四娘,最近在家中做些什么?"女子低声对答:"没事做只是刺绣。"回头看见冯生,她羞得局促不安。老太太说:"这是我外孙子。他非常想和你成亲,为什么让他迷路,深夜跑到这溪谷呢?"十四娘低头不语。老太太说:"我叫你来不为别的事,是想为我这孩子做媒。"她还是沉默。老太太就吩咐丫鬟准备准备,立即为他们成亲。十四娘害羞地说:"这件事应该告诉我父母。"老太太说:"我替你做媒,有什么错误?"十四娘说:"老太君的命令,我父母应该不敢违抗,但婚姻大事这样草率,我就是死也不敢奉命!"老太太笑道:"你这个小女子还很有志气的,真是我的好外孙媳妇啊!"于是拔下十四娘头上金花一朵,交给冯生,让他回家查查黄历,找个吉日成亲。于是使丫鬟送十四娘离开了。

鸡叫了,老太太派人牵驴送冯生出去。冯生走出几步,猛一回头,突然村舍已经消失了,只见到浓密树林深处遮蔽着一个破败的坟墓。冯生定下神来，仔细地看了好一会，才明白这里是薛尚书的坟墓。

薛尚书是冯生已故祖母的弟弟，所以老夫人称呼他为外孙子。冯生心想这一定是见鬼了，但还不知道辛十四娘是什么人。感慨了一番就回去了，胡乱地翻了翻黄历找了个日子，但心里还是怕和鬼的约定。于是想再到寺庙去看看。寺里各个房屋很荒凉。问别人，说寺中经常看到狐狸。冯生心想："如果能得到美人，即使是狐狸也是很好的。"

到了选定的那天，冯生让人把房屋和路上打扫干净，叫仆人轮流眺望，到了半夜还是没有消息，冯生已不抱任何希望了。过了一会儿，只听门外嘈杂起来，冯生鞋都没穿好就跑了出来。一看，一顶花轿已经停在院子里，两个丫鬟搀着十四娘坐在里面。嫁妆也没有什么值钱的东西，只有两个长胡子的仆人扛着一个钱灌子，大得像个水缸，在院子的一个角落把它放下。冯生为得到美丽的妻子而高兴，并没怀疑她是妖怪，而且还问十四娘："一个死鬼，你们家为什么这样怕她？"十四娘说："薛尚书如今担任五都巡环使，数百里的鬼狐都是他的手下，所以回坟墓的时候很少。"

冯生不忘做媒的恩德，第二天就去祭祀他的坟墓。回来时看见两个丫鬟，拿着贝锦作为贺礼，直接放到桌面上就走了。冯生把这事告诉十四娘，她说："这是老太君的东西啊。"

十四娘为人勤俭节约，每日以纺织为工作。有时回娘家探亲，没有过夜不回的。又经常拿钱财作些谋生的事情，每日有剩下的钱，就把它放进扑满里。每日关闭门户，有来访的就让老仆人出来接待送走。

后来，冯生说话冒犯了楚银台的公子，楚公子假意请冯生去喝酒。冯生被灌醉后，就诬陷他杀了楚家的丫鬟，被捉起来送到广平衙门里。冯生见到府尹，不能伸冤，早晚被打，皮肉都被打下来了。

十四娘知道后泪如雨下，按日给冯生送钱，并亲自去探监询问，冯生看到她，非常悲哀，说不出话来。十四娘知道这陷阱已经挖得很深了，劝他招认，以免皮肉之苦。冯生哭着答应了。

十四娘到处奔波的时候，即使是相隔很近的邻居都不来慰问。回到家后她叹息不已，于是派丫鬟出去办事。独自居住几天后，请媒婆买来了良家女子。那女子叫禄儿，才十五岁，长得很漂亮。十四娘和她一起吃一起住，对她的好处不同于普通下人。

冯生招认是误杀，被判绞刑。老仆人得到这消息回来，哭得说不出话。十四娘听说了，坦然自若像毫不介意。不久就是秋天行刑的日期了，十四娘才忙得不可开交，早出晚归，脚都不停过。经常在僻静的角落和监狱里悲伤，到了吃睡不香的地步。

一天，天刚亮，狐狸丫鬟忽然回来了。十四娘立刻起来，和她在一旁说悄悄话。出来时却笑容满面。料理家务像平时一样。第二天，老仆人去探监，冯生让他带话给十四娘，让她来这里作诀别，老仆人回来转述，十四娘漫不经心地答应了，也不伤心，只是不管他。家里人私下里议论她太狠心了。

忽然路上众人传得纷纷扬扬：楚银台被撤职，平阳观察使奉皇帝特旨来审理这个案子。老仆人听说了这个消息，高兴地禀告十四娘。十四娘也很高兴，立即派人到衙门去打探，却看见冯生已经出狱，大家见到是又悲又喜。不久把楚公子抓住带上堂，一讯问就知道了案子的全部情况。冯生当堂释放回家。回来看见十四娘，泪流满面，十四娘也看着他哭了。悲伤过后是欢喜。但冯生还是不知道怎样让皇帝知道了这事。十四娘笑着指着狐狸丫鬟说："这是您的功臣啊。"冯生吃惊地询问是怎么回事。

原来，十四娘派丫鬟到北京去，想到宫里去，为冯生讲述冤屈。丫鬟来了，却发现宫里有神守护，她徘徊在护城河里，几个月都不能进去。丫鬟怕误事，才想回去再想计策，忽然听说皇上要到大同去，丫鬟于是先到那里，假作流浪女，然后拦住皇帝喊冤。皇帝问："你有什么冤屈？"丫鬟回答说："我原籍直隶广平，是生员冯某的女儿。父亲因为冤狱将要被处死，所以我想请皇上做主。"皇帝很感动，就赏赐她黄金百两。临走时，详细地询问了事情经过，用纸笔记录下来，命令官员查办。丫鬟把这事告诉冯生。冯生急忙起来拜谢，泪流满面。

过了不久，十四娘忽然对冯生说："我不为和您的情意和缘分，哪里会惹上那么多烦恼？您被捉去时，我在亲戚间奔走请求帮助，没有一人帮忙出个主意。那时的心情真是无法用语言来表达。如今看世俗越来越讨厌。我已经为您准备了一个好妻子，我们可以分手了。"冯生听了，趴在地上哭着不起，十四娘才不走。

第二天早上再看十四娘，她的容貌减退了。又过了一月多，她慢慢衰老。半年后，她脸色黑得像村姑。冯生敬重她，对她的爱始终不变。十四娘忽然又说要走，而且说："您有位好妻子，还要我这个丑八怪干什么？"冯生哭得像以前那样要留下她。又过了一月，十四娘生了急病，不吃不喝，虚弱地躺在卧室里。冯生侍奉她吃药，像侍奉父母一样。巫师和医生都没有用，十四娘最终还是病死了。冯生悲哀到了极点，给十四娘办了丧事。

几天后，狐狸丫鬟也离开了，于是他立禄儿为妻子。过了一年，生了一个儿子。但连年歉收，家境愈加败落。夫妻没有办法，对着影子发愁。忽然想起十四娘经常在大堂角落里的那个钱罐子里放钱，不知那些钱还在不在。到了那个地方，发现各种容器里钱装得满满的。打破钱罐，金钱散了出来。从此他家立刻非常充裕。

后来老仆人到太华山，看到十四娘，骑着一匹青色的骡子，狐狸丫鬟骑着驴跟着她。十四娘问："冯郎还好吗？向主人致意，我已经成仙了。"说完就不见了。

狼 三 则

有个屠夫，卖完猪肉回家的时候天色已经晚了。忽然，来了一只狼，盯着他担子里剩余的肉，垂涎欲滴，一直跟在后面。屠夫走狼也走，就这样，跟随他走了好几里路。屠夫害怕起来，就把刀子亮出来吓唬狼。狼看见亮闪闪的屠刀，稍稍往后退了退。等屠夫一走，狼又跟着他。屠夫没有办法，心想：狼想得到的是肉，不如暂且把肉挂在树上明天早上来取。于是，他用钩子勾起肉，踮起脚把肉挂在树上，然后将空空的担子给狼看，狼果然就止步不跟了。屠夫赶紧跑回家。

第二天天刚蒙蒙亮，屠夫就去取肉。远远看见树上悬挂着一个大东西，好像是有人上吊的样子，他非常害怕。战战兢兢地走近一看，原来是只死狼。屠夫仰头仔细地一看，见狼嘴里含着肉，而肉钩子刺穿了狼的下腭，狼像鱼吞食了鱼饵被钓住一样，就这样挂在树上。当时狼皮的价格昂贵，值十几两银子，屠夫因此发了笔小财。狼缘木求鱼，反而遭了殃，真令人发笑。

另一个屠夫也在晚上回家，担子里的肉卖完了，只剩下肉骨头。忽然路上遇到两只狼，跟着他走了很远。屠夫害怕了，就把肉骨头扔给它们。一只狼得到肉骨头就停下来，另一只狼仍然跟着他走。屠夫又扔了一块肉骨头，后面的一只狼停住了，而前面的一只狼又追上来了。这时，肉骨头已经扔完了，但两只狼仍像先前一样肩并肩紧追不舍。屠夫十分困窘，担心自己受到它们的前后夹击。他四下里一看，发现野外有个麦场，场主在上面堆着柴草，草垛子堆得像山丘一样。屠夫就连忙跑过去靠在草堆的下面。他放下担子，手里拿着刀。狼不敢上前，只是相互瞪着眼看。过了一会儿，一只狼直接离开了，而另一只狼像狗一样蹲在屠夫的面前，过了很长时间，它的眼睛好像闭了起来，神色十分悠闲。屠夫突然跳起来，用刀劈狼头，又连砍数刀，把狼砍死了。他正想走，回头看柴堆后面，发现一只狼正在里面打洞，原来它打算从洞里进去攻击他的后面。狼的身子已经进去了一半，只露出屁股和尾巴在外面。屠夫从后面砍断它的大腿，也杀死了它。屠夫这才明白前面那只狼假装睡觉，原来是为了诱惑敌手。狼可真狡猾啊！而屠夫在顷刻之间杀了两只狼，禽兽的狡诈又有什么用呢？只是增加笑料罢了。

还有个屠夫，傍晚走路时也被狼追逼。他看到路边有个夜晚耕田人留下来的棚子，就跑进去趴在里面。狼把爪子伸进棚子里，屠夫急忙抓住它，使它不能缩回去。但隔着墙，一时没办法能置狼于死地，他身边只有一把不到一寸长的小刀。屠夫灵机一动，用小刀割破狼爪下的皮，用吹猪的方法吹它。他使劲吹了好一会儿，感到狼不能动了，才用带子把狼爪子扎上。出去一看，狼膨胀得像头牛，大腿伸直了不能弯曲，口张着合不拢，于是就背着它回了家。如果不是屠夫的话，怎么能够想到这个方法呢？

山 市

　　奂山的"山市",是淄川县八景中的一景,但经常好几年也不出现一次。有一天,孙禹年公子跟他的同业朋友在楼上喝酒,忽然看见山头有一座孤零零的宝塔耸立起来,高高地直插青天,大家你看我,我看你,又惊奇又疑惑,心想这附近并没有佛寺啊。不多久,又看见几十座宫殿,瓦是碧绿的,屋脊高高翘起,这才省悟到原来是出现"山市"了。没多久,又出现了高高的城墙,顶上是呈凹凸形的短墙,连绵六七里,竟然是一座城了。城中有像楼阁的,有像厅堂的,有像街坊的,都清晰地呈现在眼前,数也数不过来。忽然刮起大风,烟尘弥漫,全城的景象变得模糊不清了。过一阵子,大风停止,天空晴朗,先前的景象全都消失了,只有一座高楼,上与天接,每层有五间房,窗户都敞开着,都有五处明亮的地方,那是楼外的天空。

　　一层一层地指着数上去,房间越高,亮点越小;数到第八层,亮点只有星星那么小;再往上就变得暗淡了,似有若无,看不清它的层次。低层楼上的人们来来往往,各干各的事情,有靠着栏杆的,有站着的,姿态各不相同。过了一段时间,楼渐渐低矮下来,可以看见楼顶了;渐渐地,又变得跟平常的楼房一样;渐渐地,又变成了高高的平房;突然又缩成拳头一般大小,再缩成为豆粒一般大小,终于完全消失。

我又听说，有早起赶路的人，看到山上有人家、集市和店铺，跟尘世上的情形没有什么区别，所以人们又管它叫"鬼市"。

画 马

山东临清有个姓崔的书生，家里非常穷，连围墙坏了都修不起。每天早晨起来，他就看见一匹马躺在露天草丛里。那马是黑色的，身上有白花纹，非常好看，只是尾巴上的毛不整齐，像被火烧断了。崔生将它赶跑，但到夜间它又来了，谁也不知道它是从什么地方来的。崔生有个好朋友在山西做官，想去拜访他，但苦于没有代步的马，于是他就将它套住

牵回家，再配上马鞍辔头，准备骑着它上路。临走的时候，他嘱咐家人说："如果有人来找马，就把我去山西的情况告诉他。"

上路以后，马飞快地跑，一眨眼就跑了上百里路。夜晚马也不怎么吃饲料，崔生怀疑它生病了。第二天就勒紧马缰绳不让它跑得太快，但马又是嘶叫又是喷唾沫，崔生只好又松开马缰绳，任它奔驰。到中午的时候就到了山西。当崔生骑马在大街上行走时，旁观的人无不感叹称赞这匹马。晋王听说后，愿出重金来买它。但崔生恐怕丢马的人会来找，不

敢出售。过了半年，一直没有马主人的消息，崔生就以八百两银子的高价把马卖给了晋王府，而自己买了头雄健的骡子骑回了家。

后来，晋王有紧急公务，派一名校尉骑着那匹马到临清去。但那马中途跑掉了，校尉一直追到了崔生东边邻居家门口，马进门后就不见踪影了。校尉就向主人索取。主人姓曾，说他实在没有看到有匹马进来。校尉走进曾家房内，只看到他家墙上挂了一幅赵子昂画的马，其中一匹马的毛色与那匹马完全相似，尾巴部分被香火烧坏了，这才知道这匹马是个画中的妖怪。校尉无法向晋王交差，就到衙门去告曾某。这时崔生用卖马的钱作为资金，做生意已经腰缠万贯。他自愿代曾某将八百两银子交付校尉，让他回去交差。曾某很感激崔生的恩德，却不知道崔生就是当年把马卖给晋王的人。

梦　狼

　　河北有个姓白的老头，他的大儿子白甲在南方做官，已经两年没有消息了。有一天，有个姓丁的远房亲戚来拜望白老汉，白老汉热情地款待了他。丁某精通阴阳之术，闲谈中间，白老汉询问阴曹地府里的事，丁某说得神乎其神，奇幻异常，白老汉不相信，只是微微笑了笑。

　　丁某离开后没过几天，一次，白老汉正在睡觉，梦见丁某又来了，邀他一道出去玩。白老汉就跟着他去了。他俩进了一座城门，走了一会，丁某指着一扇门说："这是您外甥家。"当时，白老汉姐姐有个儿子在山西作县令，他惊讶地说："我外甥怎么会在这里呢？"丁某却说："你要是不信，进去看看就知道了。"白老汉走进门，果然见到了他的外甥，头戴貂皮帽，身穿绣花官服，坐在大堂上，握着矛戟、打着旗幡的卫士分列两旁。白老汉想去，但没人可以给他通报。丁某一把将他拉出来，对他说："你公子的衙门离这儿也不远，想见他吗？"不一会儿他俩来到一座官衙，丁某说："进去吧！"白老汉向大门里张望，只见一匹大狼挡在路中间，吓坏了，就不敢走进去了。丁某又说："进去吧！"又进了一道门，只见堂上、堂下，坐着的、躺着的，都是狼。看台阶上，白骨堆积如山。白老汉见此情景，更加恐惧了。丁某张开两臂像翅膀一样，用自己的身体护着白老汉走了进去。公子白甲正好从屋里出来，看见父亲和丁某非常高兴，稍稍坐了一会，便叫仆人去办筵席。忽然一匹大狼衔着一个死人进来，白老汉战战兢兢地站起来说："这是干什么呀?"白甲说："马马虎虎做几样菜吧。"老汉急忙制止他，心里惶惶不安，告辞想要离开，却又被狼群拦住了道。正当进退两难、六神无主时，忽然见群狼乱嘈嘈地嗥叫奔逃，有的钻到床底下，有的趴在桌底下，白老汉惊呆了。一会儿有两个身披金甲的猛士瞪着眼睛跑进来，拿出一条乌亮的铁索把白甲绑起来。白甲倒在地上变成了猛虎，牙齿又尖又长。一个金甲猛士拔出利剑要砍掉虎头，另一个说："且慢！且慢！这是明年四月的事，不如先把虎牙敲掉吧。"便拿出大锤猛敲虎牙，虎牙一颗颗掉在地上。老虎痛得大吼大叫，声音震得地动山摇。白老汉吓得大叫一声，突然惊醒了，这才知是一场梦。老汉心里觉得很奇怪，就叫人去请丁某，丁某却推辞不肯来。

于是，老汉记下这个梦的内容，叫二儿子送到白甲那里去，信中反复告诫儿子要老老实实做人。老二到了白甲衙门里，见哥哥的门牙都脱光了，惊问他是怎么回事，白甲说是酒醉落马摔掉的，老二询问摔伤的时间，白甲说是某月某日，老二一听，正好是父亲做梦的那天，吓坏了，于是赶紧把父亲的信交给哥哥。白甲读完后神色大变，过了一会说："这个梦不过是巧合而已，不足为奇。"当时，白甲因为刚向上司行了重贿，被推荐重用，所以并不在意这个梦。

弟弟住了几天，看见哥哥的手下都是贪赃枉法之徒，行贿的、说情的络绎不绝，就流着泪苦苦规劝哥哥不要这样做。白甲却说："弟弟每天住在乡下破草房里，所以不知道官场的诀窍。升降官员的权力，掌握在上司而不在百姓的手里，上司喜欢就是好官。爱老百姓能让上司喜欢吗？"

弟弟知道没办法劝止他，便回家告诉父亲。白老汉听说以后大哭了一场。没有办法，只有把家里的财产拿去救济贫民，天天向神灵祈祷，求老天只对逆子进行惩罚，不要连累妻子儿女。

第二年，听说白甲被推荐为吏部主事，贺喜的宾客满门，白老汉却更加伤心，托病卧床不出来。不久，听说白甲在回京的路上遭遇强盗，主仆都丢了命。白老汉才起床，对人说："鬼神发怒了，只报应了他本人，而保佑我们全家，这种恩德不能说不大啊。"因而焚香拜谢上天。来安慰白老汉的人，都说这是道听途说，只有白老汉却深信不疑，并定下日子为白甲准备丧事。

但白甲果真没有死。原来，在四月份，他在上任的路上遭遇到了强盗。白甲一看不妙，就拿出全部金银财宝来换取性命。而强盗们对他说："我们来，是要给全县的百姓报仇雪恨的，难道只是为了几个臭钱吗？"说完便把他的头砍下来了。白甲的几个亲信，平时助纣为虐，欺压百姓，也全部被强盗杀死了。强盗们才分了钱财，然后飞驰而去。

而白甲的魂魄还趴在路边，只见一个县令从这里路过，看到白甲的尸首，便问："被杀的人是谁？"在前面开路的随从说："他是白县令。"那县令说："他是白老汉的儿子，不要让老汉看到这么凶惨的样子，还是替他把头接上吧。"于是，就有个人一边把白甲的脑袋接到颈子上，一边说："坏人的脑袋不应该正着接，把肩膀对着下巴就行了。"然后他们就走了。

过了一会儿,白甲竟慢慢苏醒过来了。他的妻子去给他收尸时,见他还有一口气,便把他放在车上,慢慢地给他灌些汤水,他也可以吞下去。找一个旅店住了下来,可没有路费回家。

半年以后,白老汉才得到白甲的确实消息,于是派二儿子去把白甲接回来。白甲虽死而复生,但眼睛只能够看到自己的背,不再像个正常的人了。白老汉的外甥因为有政绩,这年被提拔为御史,所发生的事全都应了白老汉所做的梦。

钱卜巫

夏商是河间人。他的父亲夏东陵曾经非常富有，但他并不珍惜财物，生活十分铺张，每次吃包子，总要丢掉边角，弄得满地乱七八糟。因为他长得肥胖，人们就叫他"丢角太尉"。到了晚年，他的家境一落千丈，变得很贫困，甚至连一日三餐都不能保证，因而两条臂膀瘦得皮肤下垂，像挂着的口袋。人们又叫他"募庄和尚"。临死的时候，他对夏商说："我平生糟踏浪费财物，得罪了老天爷，以至于要挨冻受饿而死。你应当爱惜东西，努力行善，来赎救我的罪过。"

父亲死后，夏商严格遵照父亲的遗嘱行事。他靠种田过日子，待人诚恳朴实，没有私心杂念。乡亲们都很敬爱他。有个富翁可怜他家道败落，借钱让他学做生意，但他总是连本钱都赔进去了。由于没钱偿还别人，他为此感到很惭愧，于是要求给那富翁做工抵债。那个富翁却不肯接受。为此，夏商心里很不安，只好把家里的田亩、房屋卖了，去还富翁的钱。富翁了解了实情以后，就更加爱惜他，硬是帮他赎回了原先的产业，又借给他大笔的钱，让他去开店铺。夏商推辞说："我连十多两银子都偿还不起，怎么敢欠来世的牛马债呢？"富翁便招呼其他的商人与他合伙经营。做了几个月生意返回后，一算钱，只能勉强保本。富翁不收他的利息钱，叫他继续把生意做下去。一年多以后，夏商果然赚了大钱，购置的财货装满了的一整车。但在乘船回家的途中，偏偏碰上了暴风，差点儿翻了船，货物也损失了一半。回来一结算，钱只够还富翁的本息，他便对同行的商人说："老天爷让我受贫，谁救得了呢？很抱歉，我把你们也连累了！"于是便把清点好的账目交给了同行的商人，然后离去。富翁还要让他再去做生意，他坚决不答应，照旧耕种田地。不过，他也常独自感叹说："我为什么就这样倒霉呢？"

有一回，他遇上了一个外地女巫，用数钱的方式占卜，能算出人的运气。夏商很恭敬地向她问卜。这女巫是个老太婆，她租了间房子，收拾得很整洁，在房中设下神座，常常香气缭绕。夏商进去朝拜完后，巫婆便向他要钱。夏商给了她一百钱，巫婆把钱丢进木筒里，然后拿着木筒跪在神座前，摇响木筒祈祷。一会儿又起来，把钱倒在手中，而后在案上依次摆着。其占卜的方法就是用钱币上有字的一面表示倒运，无字的一面表示走运。数了五十八个钱，都是有字的一面，以后数的都是无字的。巫婆便问夏商："你今年多大岁数？"夏商答道："二十八岁。"巫婆摇摇头说："还早得很呢！你现在走的是先人运，不是你本人的运。五十八岁才交上本人的运。到那时就没什么不顺的事了。"夏商问："什么是先人运呢？"巫婆说："先人有善行，他的福还没享完，后人就接着可以享；先人有不善的行为，他受的祸还没完，后人就接着受。"夏商弯着指头数着说："再过三十年再行自己的运，到那时我都已经老了，也快进棺材了。"巫婆说："你五十八岁之前，生活平平淡淡，只不过也不用担心温饱。到了五十八岁那年，自然会有一笔大财来到，不必费力谋求。你一生没有什么过错，下辈子会有享不完的福。"夏商告别巫婆回到家里，半信半疑，他依旧安贫守业，不敢有非分之想。

　　一转眼二十多年过去了。到了五十三岁时，夏商开始留心当年巫婆所说的话是否灵验。这年春耕之时，他正患病不能耕种田地。等到病好了，天又大旱不雨，早春的庄稼都干死了。快到秋季，才下雨，家里没有别的种子，几亩田都种上了粟米。不久，天又大旱，荞麦、豆类都快干死了，只有粟米安然无事。后来遇雨长得生机蓬勃，获得了大丰收。第二年春天闹饥荒，他家没有挨饿。夏商因此相信巫婆的话了，他从富翁那里借了钱，做小本经营的本钱，后来也发了点财。有人劝他去做大买卖，他不肯。到了五十七岁那年，他找人给他家修补围墙，挖地时发现一个铁锅，揭开一看，竟是满满的一罐白银。抬回去一称，共有一千三百二十五两。夏商夫妇暗地里议论说巫婆的术数还是小有差错。这时，邻居的妻子到夏家来借东西，她偷看到了银子，回去告诉了自己的丈夫。她丈夫很嫉恨夏家，暗地里告诉了县太爷。县太爷是个贪官，便以莫须有的罪名把夏商拘禁起来，要他给钱。夏商的老婆想隐瞒一半，夏商说："不是应该得的，留着只能招致灾祸。"夏商把银子全都交了。县太爷得了银子，怕夏商还隐藏有一部分，又向他要来装银子的罐子。银子正好装满罐子，县太爷这才放了夏商。过了不久，县太爷升了官。到了第二年，夏商到南昌贩货，那个勒索他银两的县太爷已死。县太爷的老婆急着回老家，便把一些粗重的东西变卖了。其中有好几篓桐油，因为价钱不高，夏商便买下回了家。到家以后，有一篓桐油有些渗漏，便将桐油倒进另外一个篓，倒完油，夏商发现那篓内竟有两锭大元宝，再看其他几篓桐油，里面都是这样。其数额刚好与去年挖出的银子一样多。

夏商从此暴富起来，但他经常接济那些贫苦人家，非常慷慨，毫不吝惜。妻子劝他多积些钱留给子孙，夏商却说："我这样做正是为了给儿孙留下遗产呀！"那个向县令告密的邻居后来穷得要饭，想求夏商施舍一点，但心里终觉有愧。夏商知道后对他说："当年的事情，是因为我的时运未到，所以鬼神通过你使我没得手，你有什么罪过呢？"最后还是救济了他。邻居感动得哭了起来。后来，夏商活到八十岁，子孙们继承了他的遗产和德行，接连几代都兴旺不衰。

安 期 岛

　　长山的刘中堂刘鸿训和武官一同出使朝鲜。有一天，他听说安期岛是神仙居住的地方，准备驾着船前去游玩。朝鲜的大臣们都说不可以去，让他等候小张。原来安期岛与世隔绝，只有神仙的弟子小张，每年只去一两次。想到安期岛的人，事先必须得到他的许可。如他认为可以，那么乘一只船就可到达，否则，飓风就会把船只吹翻。过了一两天，国王召见刘鸿训。鸿训于是入朝拜见，看见有一个人，腰间佩戴着宝剑，头上戴着棕叶斗笠，坐在宫殿上，年纪大约三十岁左右，脸上修的很整洁。刘鸿训上前一问，才知他就是小张。鸿训便问他自己能否去仙岛游玩，小张一口答应了，只是说："你的武官可以同去。"接着，他出去看了一遍刘大使的随行人员，认为只有两个人可以跟随他前去游赏。于是，他驾着船带着刘鸿训一起去安期岛。船不知航行了多久，也不知走了有多远，只觉得风声习习像腾云驾雾一般，不一会儿就到了仙岛境内。当时正是寒冬季节，这里已经是气候温和，山谷中开满了各种鲜花。

　　小张带着刘大使来到了神仙洞府。一进洞府便看见三位老者正在盘腿打坐。坐在东西两边的老者就像不知道有客人进洞。只有中间坐的一位站起来热情的迎接客人，互相行了礼。坐下以后，叫人上茶。有个童子拿着盘子离开了。洞外石壁上有一个大铁锥，锥尖插在石壁中。这个童子就上前拔下铁锥，股股泉水立刻喷射出来，他便用杯子接着。接满后，又把铁锥塞进洞眼。不久，杯中的水呈淡绿色，尝试着喝了一口，冷得牙齿打颤。刘鸿训怕冷不敢喝。老神仙回头用下巴示意童子把杯子拿走，童子端起杯子喝掉剩下的水，又来到原处拔出铁锥，盛满一杯端回。只见杯中水香味浓烈，热气腾腾，好像刚从热锅里倒出来的。刘鸿训偷偷地向神仙打听命运凶吉，神仙笑着说："我连世外今世是何年何月都不知道，又怎么了解你们人间的事情呢？"他又向神仙讨教返老还童之术，神仙说："这不是达官贵人所能做得到的。"刘鸿训起身告辞，仍然是那个小张送他回来。

　　回到朝鲜后，他详尽地讲了所见所闻。国王叹息说："可惜你没有喝那杯冰冷水，那是天上的玉液琼浆，一杯可以延寿百岁。"

　　在刘鸿训即将回国之时，国王送给他一件礼物，它的外面用纸和绢绸重重包裹，国王嘱咐他千万不要在海上打开看。刘鸿训上岸后，急忙取出拆开，打开一层又一层的包裹，最后才看见一面镜子。仔细查看，只见镜中有个蛟龙的水晶宫，看得清清楚楚。正当他凝神注目时，忽然看见比楼阁还高的潮水汹涌扑来。他大惊失色，快马加鞭飞跑。潮水跟着赶来，忽然看见比楼阁还高，比暴风骤雨还迅猛的浪潮扑面而来。他十分害怕，急忙快跑，潮水也跟着快速地跑，就像风雨一样快速，刘鸿训更加恐惧，用镜子一照，潮水才立刻回落了。

云萝公主

安大业是河北卢龙县人,他生下后就能说话,母亲给他灌了狗血,才停止。长大后,品貌不凡、风流俊秀,无人可以相比,聪明又爱读书。名门大家都争着和他结亲。他母亲做了一个梦:"你的儿子命该娶公主。"便相信了。可是,他到了十五六岁,这个梦也没有应验。渐渐地他母亲自己也感到懊悔。

有一天,安大业独自坐在房里,忽然间闻到一股奇异的香气,接着有一个美丽的婢女跑进来说:"公主到了!"立即便把长长的毛毡铺在地上,从门外一直铺到床前。安大业正在惊疑之间,只见一位女郎扶着婢女的肩走了进来。她美丽的容貌和光彩的衣服,立即映满屋里四壁。婢女把一个绣垫放在床上,扶女郎坐在上面。安大业慌张得不知该做什么,鞠着躬便问:"是哪里来的神仙,劳您降临寒舍?"女郎微笑,用衣袖掩着嘴。身边的婢女说:"这是圣后府里的云萝公主,圣后看中您,想把公主下嫁给您,因此,让公主自己来看看住处。"

安大业一听又惊又喜,不知说什么好,女郎也低着头,两人都默默不语。安大业一向爱好下围棋。棋盘和棋子经常放在自己座位旁边。一个婢女用红色的手巾擦去尘土,便把棋盘拿过来放到桌子上,说:"公主平日很爱下棋,不知与驸马下起来哪位能赢?"安大业离开座位起身来到桌边,公主也笑嘻嘻地走过来。他们刚刚下了三十多个子,那婢女竟把盘中棋子搅乱了,说:"驸马输了!"捡起棋子便放在盒子里。又说:"驸马真是人间的下棋高手,公主只能让六个子。"于是,又把六颗黑子先放在棋局中,公主也就依从,和安大业又再下起来。公主坐时,总是让一个婢女趴在座位下面,把脚踩在她背上;如果左脚踩在地上时,便换一个婢女趴在右边,承受她的右脚。此外,还有两个小丫鬟在左右扶着。每当安大业凝神思考时,公主就把弯曲的肘子伏在小丫鬟的肩上。棋还未最后下完,小丫鬟笑着说:"驸马输了一颗子!"接着,婢女上前说:"公主累了!该回去了。"公主低下身子在婢女耳边小声说了几句话。婢女听后便走了出去。不一会儿便回来,把一千两银子放在床上,告诉安大业说:"刚才公主说,这宅院太破旧了,麻烦您用这钱稍稍修整一番。等修完后再来相会。"另一个婢女说:"这个月犯天规,不宜建造房屋,下个月才是黄道吉日。"女郎站起身来,安大业拦住她,把门关上,不让她走。只见一个婢女拿出一件很像鼓风的皮囊的东西,就鼓了起来,一会就冒出一股腾腾的雾气,霎时间,就充满了四周,昏暗得不见人影。这时,安大业再找公主,已经不见了。

安母知道了这件事,怀疑是妖怪。但是,安大业却思念不忘,急于早日把房子修建完毕,就不管什么禁忌和不吉利,日夜催修,限期完工,终于把宅院整修一新。

先前,有位滦州的书生名叫袁大用,居住在安大业家的邻街。他曾多次送名帖来拜访安大业。安大业平时很少与人交往,推托不在家,没有接见。但为了礼貌的缘故,安大业准备去回访。两人恰好在门外相遇。看上去,袁大用是一个二十岁左右的少年，穿着一身丝绸做的衣服，头扎丝带，脚穿黑鞋，举止很是风雅。安大业和他谈了几句话，就感到他很是温文尔雅，非常喜欢他。就请他进屋，两人下了几盘棋，互有胜负。接着，摆酒设宴招待他。两个人谈得十分欢洽。

第二天，袁大用邀请安大业再到他家去，拿出山珍海味来招待他，十分周到。袁家有个十二三岁的小童子，在席前击板唱歌，又蹦又跳，来助酒兴。安大业喝得酩酊大醉，自己不能回家了，袁大用便叫这小童背着安大业回家。安大业看小童身子单薄瘦弱，怕他背不动，但袁大用一定要他背。那小童背起他来，力气还绰绰有余，安大业非常惊奇。第二天，安大业给他赏钱，小童推辞再三，才接过去。从此，安大业和袁大用的交情愈加密切起来，隔三两天，便要来往一次。

袁大用为人坦率朴实、沉静寡言，又大方好施舍。有一次见到市上有一个因欠债卖女儿的，他便毫不吝啬地拿出钱来代为还债。因此，安大业更加敬重他。过了几天后，袁大用到安大业家中来告别，赠送安大业象牙筷子、楠木珠等十几件贵重的礼物。此外，又送了五百两银子帮助安大业修建宅院。安大业接受了礼物，送回了银子，同时，回赠些绢帛作为谢礼。

乐亭县有一个卸职回家的大官，藏有大量搜刮来的金钱。忽然有一天夜晚，强盗闯入他家中，抓住这个官员，用烧红的铁钳子烫他，把所有的钱财抢掠一空。这家官员的一个仆人，认出强盗是袁大用，报告了官府。官府便下了通缉令，追捕袁大用。安家的邻居有个姓屠的，与安家素来不和。看到安家大兴土木，修造宅院，就心里暗暗怀疑忌妒。这时，恰好安家有一个小仆人，偷出象牙筷子，卖给了屠家。姓屠的得知这双筷子是袁大用送的，就根据这些，向官府告了安大业。县官派兵包围了安家，正赶上安大业带着仆人外出。官兵便把安大业的母亲抓了去。安母年老多病，受了这样一场惊吓，就病得只剩下一口气，两三天不吃不喝。县官看到这样，便把她放回家去。

安大业在外面听到母亲被捕的凶信，急忙奔回家，但安母已经病重，隔了一宿就死了。他把母亲刚收殓完，官府捕役便把他抓了去。县官见安大业年轻，温文尔雅，怀疑他是被人陷害诬告，故意吓唬他，让他从实招来。安大业就如实说出他与袁大用交往的经过。县官又问："你家怎么突然富裕起来了？"安大业回答说："我母亲原有些积蓄的银子，因为要我娶亲，所以她便拿出来给我修造娶亲的房子。"县官相信了他所说的话。记录在案，把安大业押送到府里去。

姓屠的得知安大业没有事，便用了一大笔钱买通押送的差人，让他们在半路上杀害安大业。他们走到一座深山时，安大业被差人拉到山崖旁边，就要把他推下去，正在这万分危急的时候，忽然有一只老虎从草丛中奔出来，咬死了两个差人，叼起安大业就跑了。老虎到了一个楼阁重重的地方，进屋便把安大业放在地上。这时，只见云萝公主扶着婢女走出来，看到这一切很难过，就说："现在，你拿着押送你的公文，自己到府里衙门去，你会没事的。"说完，便取下安大业胸前的带子，连续结了十多个结。告诉他说："你见到官长时，把带上的结解开，就可以消灾免祸。"

安大业按着公主的嘱咐，到府衙去自投。知府很满意安大业的诚实，又查看了公文，知道他是冤枉的，便撤销了他的罪名，放他回家去。

安大业在回家的路上，恰好碰到袁大用，就下马和袁大用握手相见。他向袁大用说了自己的不幸遭遇，袁大用听后气得脸色都变了，却默默没有说一句话。安大业说："凭您的仪表才华，为什么要干这种事来给自己脸上抹黑？"袁大用说："我所杀的都是些不仁不义的家伙，所拿的都是不义之财。如果不是这样的话，就是掉在路上的钱财，我也不去拣。你对我的指教，当然是好意。但是，像你家邻居姓屠的这种人，难道还可以让他留在世间吗？"说完话，袁大用打马越过安大业就走了。

回到家，安大业安葬了母亲之后，就关上了门，外人谁也不接待。忽然有一天夜里，强盗进入邻家，把姓屠的父子一家十多口人都杀光了，只留下一个婢女。屠家的全部财物，都被强盗搜出，与他带来的小童分开拿着。临走时，强盗又提着灯火，对婢女说："你好好认认，杀人的是我，与其他人无干！"说完，强盗并不打开门，就飞檐走壁离去了。

天亮后，报到官府里，县官怀疑安大业知道内情，又把他抓了去。县官十分严厉地审问他。安大业上堂后，一面解着胸前带上的结，一面申辩。县官审不出什么来，只好又把他释放。

安大业回家后，愈加规规矩矩，闭门读书，家里只留一名跛脚的老太婆给做饭。安母的丧期满后，他就天天打扫宅院，以等待公主到来的好消息。

一天，一股奇异的香气充满庭院，安大业登上阁楼一看，里里外外焕然一新。他悄悄打开窗帘去瞧，只见公主穿着华丽的衣服，端端正正坐在那里。安大业急忙上前拜见，公主拉住安大业的手说："你不相信天数，偏要动工修建，招来灾祸。又为母亲守孝，推迟了我们三年的婚期，这就叫欲速则不达。世间的事情大多都是这样的。"安大业准备拿钱去置办酒食，公主说："不用你去忙了。"只见一个婢女，把手伸到柜子里去，端出菜和汤，都热气腾腾好像新出锅的一样，拿出的酒也十分芬芳清澈。他们喝了一阵子，太阳落山了，身边侍候的婢女和脚下踩着的婢女也渐渐走开了。安大业和公主当晚就成了婚。

鸟 语

　　从前，河南境内有位道士在乡村化缘。他在一个人家吃完饭后听见黄鹂叫，便告诉这家主人要小心防火。主人问这是什么缘故，道士回答说："刚才树上的鸟说，'大火难救，可怕！'。"这家人听了都笑道士胡说，竟然根本不采取防火措施。第二天，这人家果然着火了，大火蔓延烧了好几户人家，人们这才惊异道士太神了。好事的人们便追赶道士，称他为神仙。道士说："我不过是懂得鸟语罢了，哪里是什么神仙呀！"这时恰好有只黑花雀在树上叫，众人问他鸟雀在说什么？他说："雀子说：'初六生的，初六生的，十四、十六就死。'大概有人生了双胞胎，今天是初十，不超过五、六天，两个都要死的。"人们一打听，果然有户人家生了一对双胞胎。不多久，两个孩子都死了，与道士讲的时间都吻合。

　　县令听说道士有这种神奇的本领，便把他召来，当作上宾宴请。当时有一群鸭子路过，于是县令就问他鸭子说什么，道士回答说："大人的妻妾，一定在争吵。鸭子说：'算了，算了，偏向她，偏向她！'"县令听了很敬服，原来县令的大小老婆在家吵架，县令就是因为被吵得不耐烦才出门的。于是县令便将道士留在衙门里居住，以优厚之礼对待他，时常让他辨别鸟禽说的话。道士次次都说得出奇地准确。但是，这个道士既质朴又耿直，常常无所顾忌。这个县令很贪婪，地方上供给衙门的一切东西，他都折变为钱塞进了自己的腰包。

有一天,道士和县令正坐着,一群鸭子又来了,县令又问道士,道士回答说:"鸭子今天所说的,与以前不一样,是在替大人算账呢。"县令问:"算什么账?"道士说:"它们在说:'蜡烛一百八,银珠一千八'。"县令感到很惭愧,怀疑道士是在讥笑自己。道士请求离开县衙,但县令不答应。

过了几天,县令请客,忽然听见杜鹃叫声。客人问道士杜鹃在叫什么。道士回答说:"鸟儿说:'丢官而去'。"众人听了,大惊失色。县令大怒,立刻将它赶出门。可是过了不久,这个县令果然因为贪赃而丢官。唉!其实这都是仙人在警告他,只可惜身处危境而利欲熏心的人不能醒悟。

真 生

长安有个读书人贾子龙,偶然经过邻近的巷子,看到一个客人,风度翩翩,便主动上前询问他。原来那人叫真生,是从咸阳来的房客。子龙很喜欢真生。第二天,他到真生的住处去投名片请求拜见,不巧,真生已外出。子龙来来回回跑了好几趟,都没有见到真生。于是派人暗中察看真生,等他在客店的时候再拜访他。真生开始硬是不开门见子龙,子龙好说歹说,真生才肯相见。两人促膝倾心交谈,十分高兴。子龙就在客店里打发仆人去买酒。真生会喝酒,又爱开玩笑,他俩高兴得很。酒很快喝完了,真生从箱子里找出酒器,是一只没底的玉杯,倒一杯酒进去,已经是满满的;用小杯子把酒舀出来放进酒壶,玉杯中的酒并不见减少。子龙对这个玉杯感到很惊异,坚持一定要学习他的法术。真生说:"我玉杯中的酒不愿意见你,是因为你没有别的短处,只是贪心没有去净罢了。这是仙家的秘术,怎么能教给你呢!"子龙说:"冤枉啊!我并不贪,偶然产生奢望,只是因为贫穷罢了。"他们一笑而散。从此,两人来来往往亲密无间,如同一个人。每当子龙经济窘迫时,真生就拿出一块黑石头,把咒语吹在它上面,拿它磨瓦砾,瓦砾立刻变成了银子,便把银子赠给贾子龙。变出来的钱仅仅够用,没有多余。子龙常常要求增加。真生说:"我说你贪,怎么样,怎么样?"子龙想,公开跟真生明要那块石头一定不能得到,准备乘他喝醉睡着了,把石头偷来要挟他。

有一天喝完酒，真生便睡了，子龙偷偷起来，搜他的衣服。真生发觉后说："你真没有良心，我不能与你相处了。"于是告辞分别，迁到别处居住了。一年以后，子龙在河边游玩，偶然看见一块晶莹光洁的石头，非常像真生的东西，便拣起来，像宝贝一样珍藏起来。过了几天，真生忽然来了，样子像是丢了什么。子龙关心地询问他。真生说："你先前看到的，是仙人的点金石。从前和仙人抱真子交游，他喜欢我有节操，把石头送给了我。我酒醉后丢了，应当在你这里。如果你对我有归还珍贵之恩，我不敢忘记报答你。"子龙笑着说："我生来不敢欺骗朋友，真的像你所占卜的那样。只是深知管仲贫困的人，莫过于鲍叔。你又怎样呢？"真生请求拿一百两银子作为答谢。子龙说："一百两银子不算少，但我只求你把口诀教给我，亲自试它一次，就没有遗憾了。"真生害怕他不讲信用。

子龙说："你自己是仙人，难道不知道我贾某不愿对朋友失信吗？"真生把口诀教给了他。子龙看到台阶上有个大石头，准备以它做试验。真生扯住他的肘，不让他向前走。子龙就弯身拾起半块砖头，放在捣衣石上说："这个，不多吧？"真生便听任了他。子龙不磨砖却磨捣衣石；真生变了脸色想要同他争夺，但捣衣石已变成了浑金。子龙这才把石头还给真生。真生叹息说："已经这样了，还有什么话说，但胡乱地把福禄给人，一定会受到上天的谴责。如果使我逃脱惩罚，就得施舍一百具棺材、一百件棉衣，你肯这样吗？"子龙说："我的确想得到钱，但并不是想把它私藏在家里。你还把我看成守财奴吗？"真生听了这话才高兴地离去。子龙得到银子，一边施舍一边做生意。不到三年，施舍的数目已满。一天，真生忽然来了，握着他的手说："你是讲信义的人啊！分别后我被天帝开除仙籍；承蒙你广泛地施舍，现在用功德抵罪。希望你努力这样做，不要放松。"子龙问真生是天上哪类神仙。真生说："我只是得了道的狐狸，出身很低贱，经受不少罪孽的连累，所以只得生来自爱，一点也不敢乱来。"子龙为他摆酒，像当初那样与他愉快地喝酒。子龙到了九十多岁，狐仙还时常到他家来。

席 方 平

席方平是东安县人,他的父亲叫席谦,性情耿直,与同乡姓羊的富人有矛盾。后来,姓羊的先死了。过了几年,席方平的父亲也病危了,临死前,他对人说:"羊某现在贿赂阴间的官吏拷打我。"一会儿果真见他身上红肿,一会就大叫着死去。席

方平悲痛得连饭都吃不下,他说:"我父亲老实嘴笨,现在被强鬼欺侮。我要到阴间去,替父亲伸冤出气。"从此他不再说话,一会坐下一会又站起来,像痴呆的样子,原来是他的"魂魄"已经离开身体。

席方平初次出门到阴曹地府,不知道朝哪里走。于是,只要看到路上有行人,便打听去县城的路线。一会儿,他进了县城,打听到他的父亲已经关在牢里。于是就到了牢里,远远地看见父亲睡在屋檐下,很狼狈。父亲睁开眼睛看到儿子,泪流满面地说:"狱里的官吏都接受了贿赂,我日夜经受拷打,两腿都被打残废了啊!"席方平十分愤怒,大骂狱中的官吏:"我父亲如果有罪,自然有王法,难道你们这些死鬼能操纵吗?"出了牢房便拿笔写状子。正遇到城隍出来到衙门办公,席方平便喊冤呈上状子。姓羊的害怕了,里里

外外买通了，才敢出面对质。城隍借口控告没有根据，认为席方平告得没有道理。席方平的怨恨再也没有地方申诉，在阴间走了一百多里，到了郡里，把官府衙役徇私的情况，告诉了郡司。郡司把这事推迟了半个月，才对质审理。郡司拷打席方平，仍旧批示城隍重新审理此案。

席方平到了县里，同样受尽各种刑罚，冤屈依旧不能申辩。城隍怕他再控告，便派衙役押送他回家。衙役送到门口就走了。席方平不肯进屋，他直接跑到阎王府，控诉郡司和城隍残酷贪婪。阎王马上逮捕他们来对质。两个官吏悄悄派遣亲信来说情，答应给一千两银子。席方平不理睬。过了几天，旅店的主人告诉他说："你太过分了，官府来求和却坚持不同意，现在听说他们每个人都给阎王送了大礼，恐怕事情危险了。"席方平认为是道听途说，还不相信。一会儿有差役喊他进去。升堂时，见阎王有怒色，根本不容他分辩，就命令打二十大板。席方平大声地问："我犯了什么罪？"阎王像没听见。席方平挨了板子，喊道："挨板子应当，谁叫我没钱呢！"阎王更加恼火，命令把他放到火床上。两个鬼就把席方平拖下了大堂。只见，东边台阶上有铁床，床下烧着火，床面被烧得通红。鬼脱掉席方平的衣服，把他抬到床上，用力按住他。席方平痛极了，骨肉被烧得焦黑，苦于不能死去。

大约过了一个时辰，鬼说："可以了。"便把他扶起来，逼着要他下床穿衣，幸亏虽然脚跛了却还能走路。再到了堂上，阎王问："你还敢再告状吗？"席方平说："大冤没有伸，心还不死，如果说不告状，那是欺骗大王。我一定要告状！"

阎王又问："你有告什么？"席方平说："都是我亲身经历的，一定都要说出来。"阎王听了十分恼火，命令用锯子锯开他的身体。于是；两个鬼把他拉了过去。席方平看见这里竖着一根大木头，大约有八九尺高，有两块板子，平放在木头下面，上下都凝着模糊的鲜血。正要被捆，忽然听见阎王在堂上大喊："席方平！"，两个鬼立即又把他押回。阎王又问："还敢告状吗？"席回答说："一定要告状！"阎王命令抓去快点把他锯成两半。

席方平又被拉下去。鬼就用两块板子夹住席方平，捆在木头上。锯子迅速落了下来，席方平马上感到头被慢慢劈开，疼痛难忍，但就是忍着不喊出来。有个鬼说："真是条硬汉子啊！"锯声嗞嗞地响着一直往脚下锯。又听到一个鬼说："这个人很孝顺，没有犯罪，让锯子稍稍偏一点，不要损害了他的心脏。"席方平感到锯口曲折朝下，但仍痛苦不已。片刻之后，身体被分成两半。鬼把板子解开，两个身子一齐倒下。鬼上堂大声报告。堂上传令合起身子来拜见。两个鬼立即推拢身子使他又合起来，拉着要他走。每走一步，席方平就觉得又像被锯了一次，走了半天就扑倒在地。一个鬼从腰里拿出一条丝带交给他，说："送给你这个来回报你的孝顺。"席方平接受丝带并用它捆住身子，整个身子顿时复原了，变得健壮起来，一点痛苦也没有了。于是到堂上跪下，阎王又像前面那样审问，席方平怕再受酷刑，便说："不告状了。"阎王立即命令送他回阳间。差役带着他出北门，指点回家的路，便转身走了。席方平想，阴间的黑暗，比阳间还要厉害，无奈没有办法能让天帝知道。世上传说灌口二郎是天帝的亲戚，这个神聪明正直，向他申诉定会有奇迹出现。

席方平暗暗高兴，看到两个差役已经走了，便转身向南走。他刚想奔跑，两个差役就返回来说："阎王怀疑你不回家，现在果然如此。"抓回去再见阎王。席方平暗想阎王会更加恼火，灾祸一定更惨，但阎王没有一点严厉的表情，对席方平说："你的确很孝顺。但你父亲的冤屈我已为你昭雪了。他现在已经投生在一户富贵人家，哪里还用得着你喊冤呢？现在我送你回家，给你千两银子的产业、百岁的长寿，心愿满足了吗？"说完，便写在册子上，盖上大印，让他亲自过目。

席方平感谢之后离开大堂。鬼役同他一齐出来，到了路上，就驱赶他，咒骂他说："狡猾的家伙，多次反复，让人奔跑受累！再犯罪，一定抓进大磨子里，细细地碾你！"席方平瞪着眼斥责说："你们要干什么！我生性能忍受刀锯，不能忍受鞭打的痛苦。请返回去见阎王，阎王如果让我自己回家，又何必让你们送我？"说完便转身就跑。两个鬼役害怕了，用温和的话劝他回来。席方平故意慢慢走，走几步，便在路边休息。鬼役忍着怒气不敢再说什么。大约走了半天，到了一个村庄，看到有一家门半开着，鬼役提出进去休息休息，席方平不肯进去，就坐在门槛上。两个鬼役乘他没有防备，一把将他推进门去。席方平再看自己，吃惊地发现自己已经出生做了婴儿。他愤怒地啼哭，不吃奶，三天就死了。

他的魂魄在空中飘荡着，但忘不了灌口二郎。大约跑了几十里，忽然看到有华盖车来了，满路都是仪仗队。席方平本想避开他们，但不料触犯了仪仗队，被前面骑马的抓住，捆着送到车前。他仰头看到车中有个少年，仪表堂堂。那少年问席方平："你是什么人？"席方平冤气正没处出，并且想这一定是个大官，或许能为民作主，便从头到尾地申诉了所受的残酷迫害。车中人命令解开他的绳子，让他跟着车子走。一会儿到了一个地方，十几个官员，在路旁迎接拜见，车中人一一打招呼。后来指着席方平对一个官员说："这是下界的人，正要去控诉，你马上替他判决。"席方平向随从打听，才知道车中人是天帝的皇子九王，所嘱咐的人就是二郎。席方平看看二郎，高高的个子，满脸的胡须，不像世间传说的样子。

九王走后，席方平跟着二郎来到一官署，原来他的父亲和姓羊的以及衙门的官差都在那里。一会儿，从囚车中出来几个犯人，他们就是阎王和郡司、城隍。当堂对质，席方平说的句句是真。三个官吏战战兢兢，像被猫逮住的老鼠一样。二郎拿起笔立即判决。一会儿传下判词，叫案中人一齐来看。阎王被判用江水涮肠，郡司、城隍被判剁去四肢。判羊某的家产转往席家，以补偿席方平的孝道。二郎对席方平的父亲说："考虑你的儿子孝顺仁义，你性情善良懦弱，可再赐你三十六岁的阳寿。"说完，便派两个人送他们回家乡。

席方平抄下了那个判词，父子俩在路上一起读。到家后，席方平先醒，叫家里人开棺看父亲，他父亲僵硬的尸体还是冷冰冰的，等了一整天，才渐渐变温暖过来。到处寻找抄回的判词，却无论如何也找不到。

从此，席方平家里一天比一天富。三年的时间，良田遍野。羊氏的后代却衰败了，楼阁田产，全部变为席家所有。席方平的父亲活到九十多岁才死。